Пасе Вина

Пригоди фентезі

Том 2

Пригоди фентезі, Том 2 – це продовження серії оповідань автора про надзвичайні пригоди. Де б не відбувалися дії, персонажі оповідань, а разом із ними і читач, переживають неймовірні історії, пов'язані зі скарбами, загадковими істотами та фантастичними місцями.

Вина, П. (2023). *Пригоди фентезі* (Том 2). Калгарі, Альберта: Едукейшн Корп.

ISBN 978-1-989531-73-0

Формат:	книга (м'яка обкладинка)
Мова:	українська
Автор:	Пасе Вина
Видавець:	Едукейшн Корп.
Дисклеймер:	ця книга опублікована так, як була підготовлена автором та мовою оригіналу; усі історії та персонажі у книзі – вигадані

Подяка

Слава Богу за натхнення, можливість закінчити роботу над цією книгою та за все.

Дякую моїй родині за підтримку.

Дякую читачам за читання цієї книги.

Зміст

Люди-птахи

1

До 2010 року я був просто безтурботним веселим Клаусом Шульцем, студентом Берлінського технічного університету. Як міг навчався на інженера і мріяв якнайшвидше закінчити свою освіту, щоб почати самостійне життя без опіки батьків і без галасливих і набридливих студентських компаній, які супроводжували мене всюди як риби-прилипали в океані супроводжують великих риб.

У дівчат популярністю я зовсім не користувався, оскільки був яскравим блондином, із блакитними очима, яких у Німеччині вистачає. А в ту пору навіть у наших однокурсниць у фаворі були італійці, смагляві, кудряві та схожі на Ероса Рамазотті. Всі вони заздрили Мішель Хунцікер і мріяли повторити її долю, кожна зі своїм Еросом. Це давало мені певну перевагу у вигляді вільного часу, який я охоче проводив із товаришами біля тенісного корту або з родичами на заміських фермах.

Мені залишався останній рік до випуску з універу та останні студентські канікули. Щоб вони запам'ятались назавжди, мій друг і однокурсник італієць Джузеппе Моллі, запропонував мені і Курту Шварцу (нашому відміннику та всезнайці) поїхати до нього в гості до Тоскани на віллу його батьків у Тіррениї біля самого берега Середземного моря та за 40 хвилин від знаменитого міста Пізи.

Він обіцяв нам показати падаючу вежу, попити з нами пива, сходити на дискотеку, а також позасмагати на морі, поки його предки цілий тиждень будуть зайняті в Англії оформленням якоїсь спадщини.

Курту ідея одразу сподобалася. Він уже був в Італії раніше і знав, що їжа та відпочинок там на висоті. Мені було все одно куди їхати з Німеччини, тим більше, що всього на 7 днів і я теж погодився з міркування, що побачити пізанську вежу, що падає, на власні очі буде ніяк не зайвим для загального розвитку. Отже, зібравши свої похідні валізи, ми вирушили до Італії.

Судячи з погоди, це був не найкращий час для відпочинку, оскільки спека не спадала з ранку і до пізнього вечора. Температура на термометрі показувала позначку +40°C і без пляшечки води навіть не варто було виходити на вулицю. Зазвичай в Італії така спека в липні, але на календарі на той час було лише 14-е червня. Тому я налаштувався перенести все стоїчно, а через тиждень із багажем чудових спогадів та з яскравими фотографіями із сонячної Італії повернутися додому.

Я не вередував і не сердився, що друзі вмовили мене на цю поїздку. Було в ній щось загадкове, що обіцяло інтригу та пригоди. З самого початку, коли ми опинилися на італійській землі, мене охопило почуття «*déjà vu*». Мені було приємно знову побувати у цих місцях, побачити знайомі виноградники, тунелі, які наскрізь «прогризли» гори, незважаючи на те, що раніше я ніколи ще тут не був. Я був радий опинитися тут ще й тому, що на частку Італії припадає близько 80% усіх світових культурних цінностей і визначних пам'яток, доторкнутися до яких, хоча б поглядом побіжно - це вже само по собі здорово!

2

Навігатор допоміг нам оптимізувати наш маршрут, тому до Тірренії ми дісталися того ж дня, точно за нашим розкладом. Дбайливі батьки Пепе (від повного імені Джузеппе) залишили своєму улюбленому дитяті забитий вщент холодильник, а також напрасовану до непристойності нижню білизну зі шкарпетками та носовими хустками на місяць вперед. Це насмішило не лише мене, а й Курта. І тоді, збентежений Пепе, спробував нам пояснити, що всі італійські батьки так піклуються про своїх дітей, навіть якщо «дітям» 50 років, поки вони не одружуються. Це нас розсмішило ще більше, і тоді ми в один голос запитали: «Так, навіщо ж узагалі одружуватися?».

– Вам аби тільки ги-ги, – відповів теж сміючись Джузеппе, – я вам покажу справжню Італію, і подивимося як ви потім заспіваєте! Завтра ж і розпочнемо!

– А сьогодні? – спитав Курт.

– Сьогодні вже пізно. Хіба що після вечері ознайомча прогулянка до моря, а ось завтра, прямо з ранку ми поїдемо до Пізи. Там буде два дні проходити свято на честь захисника та покровителя міста Святого Раньєрі.

– А це обов'язково? – включився я.

– *Mamma mia*, з ким я зв'язався? Ніякої поваги до видовищ – похитав головою Пепе, – ніякого інтересу до веселощів. Та чи знаєте ви, що на це свято готують тисячі вогнів та підсвічування на десятках будівель, які запаляться з настанням темряви, і темрява відступить! Це – Люмінара! А опівночі з 15-го на 16-е червня на площі Гарібальді в небі розсипляться сотні яскравих салютів, зазвучить музика і радісний крик понесеться по всіх вуличках старенької Пізи.

– Якщо так, то ми беремо свої слова назад, хто ж від салютів відмовиться, правда Курт? – звернувся я до друга за підтримкою.

– Точно, ми згодні, з таким холодильником апетит десь треба нагулювати – дражнив Курт Пепе.

– Ви, друзі мої, дуже його нагуляєте, коли візьмете участь особисто в ході лицарів середньовіччя у важких кольчугах і позмагаєтеся в «іграх на мосту» – це 100% перевірено мною особисто, – сміючись сказав Пепе, але це буде післязавтра 16-е червня . Я буду з вами в одній команді, так і бути, щоб ви не втекли!

– А «ігри на мосту» – це хоч не на гроші? – запитав Курт, – у мене зайвих немає.

– Ось, темрява, прямо непроглядна темінь! – не залишився у боргу наш італійський друг. Це спортивні ігри – перетягування канату, наприклад, і т.д. Також буде регата. Все... більше я вам нічого не скажу. Ви все побачите своїми синіми очима, а мої карії очі вас направлятимуть у потрібні координати.

– Хвилинку, – втрутився я. Я не братиму участі в тому, чого не знаю. Що за регата? Яка наша функція у ній?

– Нічого від вас не приховаєш! – розчарувався Пепе. – Регата – це весела традиція на річці Арно влаштовувати змагання між колишніми морськими республіками: Пізою, Венецією, Генуєю та Амальфі. Ваша роль – підтримка нашої пізанської команди. Команди на змагання прибувають кожен своїм човном свого кольору. Складається команда з 8 веслярів та одного керманича, як було прийнято під час республік. Човен Пізи буде червоний з орлом на кормі. Амальфі впізнаємо по блакитному кольору та крилатому коню попереду. Човен із Венеції відрізняється від інших зеленим кольором і своїм символом – крилатим левом.

А човен Генуї пофарбований у білий колір із драконом на носі. Усі вони мають пропливти два кілометри і хто виграє отримає приз. Тепер зрозуміло?

– Так – відповіли ми і почали налаштовуватися на вечірню прогулянку до моря.

Наступного дня Пепе приготував нам каву з бріошем на сніданок і поки сонце ще не розжарилося, як розпечена сковорода, розбудив нас о 7-й ранку, особистим виконанням арії «*O, sole mio*». Напівсонні, ми якось привели себе до тями і поїхали до Пізи на свято Сан Раньєрі.

Почати наше знайомство з містом, Джузеппе запропонував із площі Мираколі або, у перекладі, площі Чудес. Там вже з самого ранку було так багато народу, що, здавалося, люди просто нікуди не йшли звідти з учорашнього дня. Це ж неймовірно, щоб усі одразу так рано прокидалися та йшли на екскурсію. Мабуть, не дарма ця площа отримала свою назву.

Вона буквально притягувала до себе вируючі течії туристів, а ті охоче вірили розповідям жителів Пізи про те, що тут можуть відбуватися справжні чудеса. Наприклад, за місцевою легендою, якщо пройтися босоніж на світанку по вологій від роси траві, і загадати бажання, воно обов'язково здійсниться. Може, тому люди прагнули не пропустити світанок. У мене теж виникло по ходу своє, хоч і маленьке, але щире бажання ближче побачити всесвітньо відому вежу Пізи, що падає. Коли мої друзі ненадовго відлучилися, щоб замовити нам усім чогось попити, я вирішив підійти ближче до тієї самої Пізанської вежі.

3

Я стояв навпроти 57-ми метрової стрункої красуні на вісім поверхів і як зачарований слухав її історію, яку в деталях розповідала італійська дівчина-гід. Худенька, вузьколиця, з орлиним носом і довгим кудрявим волоссям, вона здавалася мені негарною і не сумісною з такою загальноосвітньою роботою, оскільки формувала у туристів, що слухають її, загальне уявлення про всіх італійок. Однак у міру того, як дівчина природно занурювала нас у хронологію подій навколо падаючої вежі, (від її народження і до сьогодні), складалося враження, що вона особисто була при цьому нещодавно, а не 845 років тому. І вже за п'ятнадцять хвилин, я не знав, що мене цікавить більше «*la torre pendente*» чи сама екскурсовод. Я переводив свій зацікалений погляд то на неї, то на вежу, намагаючись нічого не пропустити.

Захоплені туристи, затамувавши подих, уважно слухали як вежа з самого свого заснування (9-е серпня 1173 року) почала нахилятися вниз, тому її спочатку побудували до третього поверху і вирішили відкласти роботи, щоб проаналізувати креслення та правильність усіх розрахунків. Лише через 100 років після цього Пізанська красуня набула того вигляду, який вона має зараз. При цьому вперта вежа ані на один день не припиняла кренитися у бік. Тоді в 1993-му році міська влада Пізи почала розпрямляти «згорблену синьйорину». Вони прибрали з-під неї 70 тонн м'якого ґрунту і насипали замість нього твердіший. Пізніше пізанське чудо світу оточили сталевими тросами на вісім років і тримали у цих «кайданах» поки нахил непокірної улюблениці міста не скоротився на 45 сантиметрів (до позиції на 1838-ий рік).

Я наблизився до екскурсовода, щоб уважно її послухати, і постійно підводив голову вгору, щоб помилуватися шедевром архітектури, який вона з душею, темпераментно описувала. Екскурсія майже добігла кінця, коли я знову різко підняв голову, щоб розгледіти також птаха, що пролітав над вежею і раптом відчув як грунт «відходить» у мене з під ніг. Я впав на землю як аркуш паперу, який поставили на землю вертикально та відпустили. Хтось хотів викликати швидку допомогу, а дівчина-гід підійшла до мене і запитала:

– Ви тут один? Можливо вас провести чи викликати таксі? Це була моя остання екскурсія сьогодні, я можу вам допомогти.

– Дуже дякую, ви дуже люб'язні, якби ви могли провести мене до кав'ярні, я б чогось випив – думаю, що я трохи зневоднений – скористався пропозицією я.

– Так, звичайно, якщо вам це допоможе. Ходімо тут поруч.

Дорогою дівчина запитала як я почуваюся і представилася:

– Я – Габ'яна чи просто Габі – це означає чайка, італійською. Адже ви іноземець... Звідки ви?

– Клаус Шульц, я – студент із Німеччини. Приїхав до друга у Тірренію погостювати на тиждень.

Ми зайшли у маленьку кав'ярню, я замовив Лимонад зі свіжого лимона на двох, і ми продовжили розпочату розмову.

– Лише на тиждень? Мало щоб познайомитися з Італією – зауважила Габі.

– Я думаю, це лише початок, розминка. Я приїду ще сюди, щоб вас послухати. Ви дуже хороший гід, мені сподобалося, як ви вели екскурсію. Ви ніби мешкали тут раніше; стільки деталей, яких, певен, не знайдеш в інтернеті… – щиро захопився я.

– Дякую, Клаусе, – дуже приємний відгук, я довго вчилася цьому ремеслу.

– А ви могли б порадити, що тут можна було б подивитися ще. Я чув як Пізу називали містом однієї визначної пам'ятки. Але мені здається це несправедливо.

– Звичайно, у нас визначні пам'ятки на кожному кроці. Ви вже були у міському саду, на площі Кавальєрі, на Лунгарно, у к'єзі ді Спіна чи, скажімо, недалеко звідси, у Ліворно?

– Ще ні.

– Тоді походіть поки що Пізою, а через три дні у мене в Ліворно буде екскурсія в сантуаріо, до старовинного храму «Мадонна ді Монтенера». Якщо хочете послухати, то можете приєднатися до моєї групи з Барі.Там дуже файно!

Раптом задзвонив телефон:

– Де ти? Ми залишили тебе на кілька хвилин і вже з півгодини тебе шукаємо. До речі, ми дзвонили тобі раніше, але ти не відповідав, – обурився Пепе.

– Заспокойтеся, я зайшов у кав'ярню, тут на майдані, а телефон я просто не чув, бо на майдані було галасливо. Я зараз перешлю вам координати, підходьте і ви.

Тим часом Габ'яна випила Лимонад і піднялася, щоб піти.

– Я рада, що ваші друзі знайшли вас і ви будете під їх наглядом, – сказала вона. – А мені час. Дякую за Лимонад.

Наостанок вона простягла свою візитку і додала, що якщо я надумаю їхати в Ліворно, я можу їй зателефонувати.

– Можна я зателефоную вам раніше? – нерішуче спитав я.

Габ'яна посміхнулася і кивнула головою на знак згоди.

За десять хвилин з'явилися Пепе та Курт. Вони почали мене «вчити», як поводитися в незнайомому місті. Я мовчав і думав про свою зустріч із італійською дівчиною на ім’я Чайка. Щось у ній було незвичайне, щось, що вабило до себе і мені хотілося ще раз її почути та побачити. «Пронто!» Клаусе, про що мрієш? – спитав Пепе.

– Просто задумався, – відповів я.

– Пропоную піти для різноманітності у «*Giardino Scotto*», звідти пройтися вздовж річки Арно та подивитися приготування до свята. Потім можемо поїхати додому пообідати і приготуватися до завтрашньої риболовлі, а ввечері, о восьмій годині знову повернутися сюди, на Люмінару і записати на смартфон артистів на ходулях, послухати музику, поїсти смачні солодощі, спеціально приготовані до цього дня, дочекатися салютів і потім у люлю, – вніс ясність у плани Джузеппе.

Так ми і зробили. Повернулися додому, пообідали. Я взявся готувати перловку та снасті для риболовлі, а також садок, стільці тощо. Курт і Пепе пішли копати черв’яків, щоб можна було ловити не лише вегетаріанську рибу, а й ту, якій на смак «делікатесні» страви. Коли все було готове, ми знову вирушили до Пізи, не забувши затаритися пивом «Хеннекен», яке ми всі любили втрьох. Ми зробили класні фотки та відео, після чого повернули додому. Я відразу пішов спати перед завтрашньою риболовлею, а Курт і Пепе вирішили ще зіграти у шахи та попити пива.

4

Рівно о 5-й нас розбудив жорстокий будильник. Після легкого сніданку із дивовижно ароматним еспресо, кожен приготував собі бутерброд на риболовлю. Мій складався з шинки, олії, шматочків сиру пармезан та тонко нарізаним свіжим помідором. З холодильника ми також взяли по пляшці води в передчутті спеки.

Пепе дістав перловку з холодильника і почав шукати хробаків.

– Курте, ти не бачив черв'яків? – спитав Пепе.

– Бачив.

– Де вони?

– Ти не пам'ятаєш?

– Ні.

– Воно й на краще… – загадково сказав Курт і замовк.

Пепе трохи постояв, розкинув мізками і згадавши вчорашній вечір і пасту з вонголами, помчав кулею обіймати унітаз після того, як знайшов вонголі незайманими в холодильнику. Оскільки хробаків у нас не виявилося, дорогою до моря ми заїхали до крамниці «*Tutto per pesca*» за новою наживкою.

На щастя, з кльовом нам дуже пощастило. Ми не встигали витягувати сардину та барракуду. Коли ми наловили повний садок,то відпустили всю рибу знову в море.

Увечері ми вирішили йти на дискотеку що в Марині ді Піза. Я подзвонив Габ'яні і запросив її приєднатися. Вона погодилася, і коли ми зустрілися, я познайомив її з моїми друзями. Мені було приємно спостерігати за Габі. Вона танцювала легко та граціозно, як балерина із «Лускунчика».

– Клаусе, а коли ти встиг познайомитися з італійською синьйориною – допитувалися мої друзі.

– Ні, ви тільки на нього подивіться, а ще казав, що нікому не цікавий – жартували з мене Курт і Пепе.

Незабаром ми з Габі пішли з дискотеки, щоб поблукати вздовж моря і подихати свіжим нічним повітрям.

– Габі, а ти хотіла б переїхати жити в іншу країну, наприклад, до Німеччини, – спитав її я.

– Я можу завжди поїхати туди, куди захочу, я об'їздила весь світ, але моя місія жити тут.

– Місія? Що ти маєш на увазі?

– Як кажуть мої англійські туристи, «*east or west, home is best*», тобто мій дім – тут, – відповіла, трохи зам'явшись, дівчина, але мені здалося, що насправді вона хотіла сказати щось інше.

– Габ'яно, у тебе є наречений? – несміливо запитав я.

Вона посміхнулася і відповіла, що не бачить поки що, що в цьому сенсу і їй ще треба будувати кар'єру.

– Тоді можна я буду твоїм другом?

– Ми ніби вже потоваришували, і на «ти» перейшли, тож ми – друзі.

Потім вона подивилася на смартфон і ввічливо продовжила, – зараз вже пізно і мені час повертатися додому.

Я викликав таксі і відвіз її на вулицю Коридоні, а сам поїхав до Тірренії. Всю дорогу я копався в собі і дійшов висновку, що закохався у Габ'яну по самі вуха.

5

Пепе і Курт прийшли втомлені під ранок і відразу після душу як по команді пішли спати. Я ж узявши з собою ласти, маску та рушник вирушив мріяти на море. Я звернув увагу, як мені легко дихається в Італії. Тут було якесь особливе повітря добра і кохання. Віно передавалося від однієї людини до іншої і в результаті всі посміхалися та охоче спілкувалися один з одним. При цьому ніхто не відчував незручності, сором'язливості чи конфузу через те, що його неправильно зрозуміють. Усі тяглися один до одного скрізь, де тільки можна: на автобусних зупинках, у крамницях, лікарнях тощо. Ніхто не почував себе самотнім. Це мене оптимізувало і надавало впевненості у собі. Я перестав перейматися тим, що про мене подумають чи скажуть. Я відкрив у собі нове джерело енергії – кохання. Його вистачало і на Габ'яну, і на друзів, і на родичів, і просто на випадкових перехожих, які траплялися мені на очі.

Коли я повернувся ввечері з моря, мої друзі грали в монополію і ледь помітивши мене, накинулися зі своїми жартами:

– Клаусе, ми тут з Куртом подумали, які у вас з Габ'яною діти вийдуть і прийшли до невтішних результатів, – сказав, заливаючись сміхом Пепе.

– Я бачу ви з Куртом часу даремно не витрачали. То може ви краще скажіть, які у вас із Куртом діти вийдуть? – також сміючись відповів я. Пепе і Курт накинулися на мене і почали мене лоскотати, примовляючи, що діти в мене будуть як П'єр Рішар один в один. Я схопив подушку і став від них відбиватися, доки з подушки не полізла штучна вата.

– До чого тут Рішар? Він взагалі-то француз – нарешті, задав я їм, хвилююче мене питання.

– Та може він і француз, але ти думай тепер, що це твій приклад, «*team leader*» – розійшлися не на жарт мої дружки. – Ось сам посуди, – казали вони, – адже ти блондин «гладкошерстний», а твоя Габ'яна кудрява брюнетка. Значить висновок один – діти будуть кудряві блондини, як П'єр.

– Які ж ви йолопи! Габ'яна навіть на вечерю не захотіла йти зі мною, а вам уже дітей подавай!

– Гаразд, ми просто пожартували. Ми все розуміємо. Отже, дамо їй ще один шанс, а тебе навчимо правильним прийомчикам, які люблять тутешні італійські дівчата – сказав Пепе зі знанням справи.

– Це інша річ, – відповів я. – Ніхто не відмовиться від гарної поради. Отже…

– Отже, ти ловиш момент, дивишся їй прямо в очі та кажеш: «Габ'яно, ти мені дуже подобаєшся, я в тебе закохався з першої митті, як тільки побачив. Ти – найкраще, що мені колись зустрічалося в житті. Я хочу тебе» ... І відразу починай її цілувати, щоб вона нічого тобі не встигла сказати, щоб у неї рот був закритий розумієш? – захопився Пепе, – давай покажу як...

– Ні, не треба, я все зрозумів і так, – відійшов я подалі від Пепе.

– А я думаю, фразу «я тебе хочу» треба виключити, – втрутився Курт.

– Ти неправильно думаєш, – поправив його Пепе. – З пісні слів не викинеш. Інакше нічого хорошого із цього не вийде! Тут сміливіше треба! Дівчата люблять нахабних та зухвалих!

– Ладно спасибі. Я подумаю над усім, що ви сказали мені. Я якраз скоро їду до Ліворно з Габ'яною. Чи не бажаєте приєднатися? – запитав я вже заспокоєних друзів.

– *No, amico* – третій зайвий – сказав Пепе, – ми з Куртом завтра їдимо у Вольтерру.

– А що там цікавого? – поцікавився я.

– Оу, там все цікаве, адже це місто на горах. Ти можеш подивитися його пізніше, це недалеко звідси автобусом Ліворно – Піза, а потім пересадка на Понтедера – Вольтерра. Але їхати бажано зранку, – пояснив Пепе.

Я подзвонив Габ'яні і дізнався чи залишається в силі екскурсія до Ліворно. Вона підтвердила, що її плани не змінилися і ми домовилися вже про зустріч, щоб разом їхати в сантуаріо.

6

У призначений день я взяв машину в прокат і заїхав за Габі на вулицю Коридоні. Ми їхали гарною рівною дорогою до Ліворно і слухали душевну італійську музику по «Радіо Італія» час від часу коментуючи, долю виконавців пісень. Співали саме Джіжі Алессіо, Ганна Татанжело, Бьяджо Антоначчі та Альбано Каррізі. Пісні були про пристрасне кохання, вірність і щастя.

– Дивно, як люди можуть співати з такою щирістю про вірність і любов, якщо вони самі цю вірність не цінують, – сказав я, звертаючись до Габ'яни.

– Це ти про Джіжі Алессіо чи про Альбано Каррізі?

– Напевно і про те, і про інше

– Не суди так суворо. Вони співають про те, про що мріють і що помилково втратили. У житті багато спокус та помилок. І людина не завжди може встояти проти них, особливо якщо це стосується її «*ego*» і вона (людина) думає, що заслуговує на більше. Але це не означає, що помилки їй самій подобаються або вона ними пишається.

У більшості випадків наші необдумані вчинки здатні завдавати біль не лише нашим близьким, а й руйнувати нас самих, насамперед, якщо не зробити правильних висновків – поділилася своєю думкою Габ'яна.

– Ти така молода, а вже така мудра – сказав я, – тому ти маєш зрозуміти все, що я тобі зараз скажу… Коротше, я хотів тобі сказати… я всю ніч думав, як я вже зовсім скоро їду, але я впевнений, що я міг би залишитися тут, з тобою назавжди. Я полюбив тебе з першого погляду і тепер не уявляю, як зможу жити без тебе. Я думаю щохвилини тільки про тебе. Але я розумію, що ти маєш твоє життя, твої почуття. Просто скажи, чи є в мене надія, чи шанс... Що мені робити з моєю любов'ю? – гаряче вимовив я.

– Клаусе, перш за все заспокойся і покладись на час. Він завжди все розставляє на свої місця. Кохання – це таке прекрасне почуття, яке люди отримують у подарунок із небес і не кожному смертному воно відоме! Тому збережи його, не «розплескай» даремно ліворуч і праворуч. А коли прийде твій час, ти зустрінеш гарну дівчину і віддаси їй своє кохання і будеш найщасливішою людиною! – серйозно сказала Габі.

– Але навіщо мені інша дівчина? Мова про нас із тобою.

– Саме так, і я не можу безвідповідально розкидатися обіцянками та надіями. Як ти правильно сказав – у мене є моє життя і від нього залежить не тільки моя доля.

– Я зрозумів, у тебе є наречений – сумно уклав я.

– І сто років тому його з'їв старий хижий орел. Тоді ми були просто закоханою, безрозсудно воркуючою парою білих голубків, що ніколи не розлучалася. Ми не замислювалися над небезпеками, ми були захоплені собою та нашим щастям. Ми літали наввипередки куди очі дивляться. І одного разу ми опинилися в степах, де не було дерев і будинків, де ми могли б сховатись і перепочити.

На відкритій місцевості ми були помітні як на долоні. Тут з'явився хижий степовий орел і став нас переслідувати. Я вибилася з сил і відстала від мого нареченого. Коли він озирнувся і побачив, що орел зовсім близько, він повернувся назад і кинувся на орла. Він клював його абияк, поки я не зникла з поля зору. Але орла це просто забавляло і незабаром, награвшись знесиленим птахом, він вміло за секунду, стиснув його міцно у своїх чіпких лапищах і потягнув собі на обід, – задумливо закінчила свою розповідь моя супутниця.

– Так, сумна казочка, але я нічого не зрозумів.

– Це добре, просто забудь про те, що ти мені сказав і про те, що я тобі розповіла і будемо просто добрими друзями, домовились? – ніжно спитала дівчина.

– *No problem*, – відповів я і подумав, що, мабуть, усі італійці фантазери та вигадники, але у цьому і є їхня краса!

7

Біля фунікулера вже зібралися туристи з Барі. Вони чекали на свого екскурсовода Габ'яну, щоб піднятися разом на гору Монтенеру і дізнатися до старовинного храму на честь «Мадонни ді Монтенера», оскільки він вважається святим місцем, і сюди приїжджають паломники з усіх куточків Італії і звертаються з проханням про допомогу до Мадонни. В основному це родини, в яких довго немає дітей, але які потім з'являються, судячи з залишених на території храму рожевих і синіх бантиків у скляних коробках, а також судячи з письмових відгуків щасливих батьків.

Безпілотні вагончики доставили нас нагору і ми опинилися на мощеній площі, де з правого боку виднівся довгий щабель на іншу площу, що належала великій красивій церкві, яка стала спадкоємицею цікавої правдивої історії, що почалася в 1345-му році під час святкування Трійці на цій самій горі.

Габ'яна розповіла, як на цьому святі один бідняк випадково знайшов чудотворну ікону Діви Марії і відніс її на найвище місце на горі Монтенера. І люди почали туди ходити та молитися. Незабаром місцеві жителі збудували там каплицю, а потім і церкву. Спочатку її взяли під свою опіку францисканці, за ними єзуїти, потім театинці, які у 1720 – 1744-х роках її пристойно розширили та прикрасили багатими декораціями.

Люди завжди приходили до цієї церкви з надією на диво. Вони вірили в цілющу силу цього місця тому, що у цей період було помічено кілька явищ Мадони та її чудової допомоги мешканцям цього міста, яке сьогодні називається Ліворно.

Габ'яна ще багато говорила про загадкові катакомби, розташовані на околицях храму, про пам'ятники, про рідкісних птахів, що мешкають у цих горах, про реставраційні роботи та про ремонти, пов'язані зі зсувами цієї гори, і ще багато чого іншого.

Коли екскурсія закінчилася, туристи розбрелись у різні боки. Ми спочатку пішли до кіосків, де продавали сувеніри. Дорогою до Габ'яни підходили різні люди і питали її то про одне, то про інше різними мовами. Вона розмовляла з ними легко англійською, французькою, німецькою, арабською, китайською та слов'янськими мовами, чим ще більше дивувала мене з кожною хвилиною.

– Скільки мов ти знаєш, – здивовано спитав я.

– Сто, – без хибної скромності відповіла Габі і посміхнулася.

– Ясно. Очевидно, цифра 100 – це твоя улюблена цифра. Сто років, сто мов, сто кілограмів, сто кілометрів – зауважив я. – Що стосується мене, якщо тобі цікаво, я говорю п'ятьма мовами вільно і латинь знаю так собі: нею пишу та читаю. Зараз, на жаль, не з ким не поспілкуєшся цією мертвою,як її називають,мовою крім як в медицині і юриспруденції. Тим часом люди вигадують різні штучні мови, але забувають прекрасну, природну, латинську, що добре сформувалася і зарекомендувала себе на практиці в граматичному, фонетичному, та інших сенсах – поділився я наболілим.

– Не можу з тобою не погодитися, дорогий Клаусе, – відповіла Габі і вказала на вітрину сувенірного кіоску, до якого ми тільки що підійшли.

– Вибирай собі що-небудь на згадку про сьогоднішній день, – запропонувала вона.

Я із задоволенням вибрав два тоненькі срібні ланцюжка з маленькими медальйонами. Один із «Всевидячим Оком», а інший із зображенням храму.

– Один сувенір тобі на згадку, а один мені, – простяг я Габ'яні руку з ланцюжками на вибір.
Вона взяла собі ту де висів медальйон із храмом і одразу одягла його на шию. Я теж так зробив.

– Ось ми тут майже все й побачили… Окрім моря та маленьких будиночків унизу. Хочеш подивитися? – запитала Габі.

– Хотілося б уже все «просканувати», якщо я тут, – відповів я.

– Тоді нам треба піднятися трохи вище – сказала дівчина і взявши мене за руку, повела в те місце, звідки Ліворно здавалося ніби намальованим на папері містом ліліпутів у дитячій казці, з дорогами–ниточками, маленькими будиночками, крихітними машинками та морем, схожим на кругле озерце, яким повільно рухалися малесенькі баржі і пливли ледве помітні кораблі.

Несподівано у мене сперло подих. Ми були не на жартівливій висоті! Італійці, гарячі голови та безстрашні серця! Навіть тут відзначились! Збудували таку велич просто під хмарами!

Однак я завжди любив лише море, а висота – це не моя стихія. Але оскільки я був у компанії дами, то вдав, що я від усього в захваті і що мені не хочеться звідси йти;мені і справді хотілося побути з Габ'яною подовше. Поки ми були тут, це можливо. Як тільки ми спустилися б вниз, Габі відразу послалася б на купу справ і залишила мене одного, тому я утримував її тут як міг.

По ходу справи, я звернув увагу на іншу гору, правіше від нас і обгороджену сіткою рабіцею, щоб у разі каменепаду чи зсувів, вона мала запобігти їхньому попаданню на пішохідну доріжку.

– Ти знаєш, що на цій горі? – запитав я у Габі.

– Так, там кілька могил місцевих священиків і ближче до вершини, чагарники та дикі тварини, – відповіла вона.

Мені хотілося справити враження на кохану дівчину і я піддався якійсь невідомій силі,що підштовхувала мене вгору. Габ'яна швидким кроком слідувала за мною, без кінця нагадуючи, що нам час повертатися назад.

Ця гора мені справді подобалася. Вона була поділена на невеликі тераси, обгороджені невисокими цегляними парканами і довкола росли дикі квіти та зелена соковита трава.

Я повернувся до Габі, щоб розділити з нею свої емоції та подякувати їй за те, що вона показала мені це місце. Раптом небо затягнулося сірими дощовими хмарами й почалася легка мрячка.

– Сьогодні вранці синоптики обіцяли зливу в Пізі, але вона може бути і тут, нам треба поспішити повернутися назад, – сказала Габ'яна і, почала спускатися вниз.

Я теж повернув назад і почав йти за нею. Зовсім не до речі, дощ набирав обертів. Дуже швидко з накрапуючого легкого дощу він перетворився на рясні зливи. Розмокла земля під ногами. Тепер вона була слизькою і могла б змагатися з льодовою доріжкою чи хокейним полем. Рухатися вниз із гори стало практично неможливо.

Я послизнувся і невдало впав головою на камінь, що частково стирчав із землі. А потім не в змозі піднятися, гнаний вітром і дощем, я покотився вниз як м'ячик, чіпляючись на льоту за все поспіль – за рослини та предмети, які зустрічалися на моєму шляху. Сіра вуаль суцільного дощу обмежувала видимість на кілька метрів уперед. Відкинувши всяку сором'язливість здатися слабким Габ'яні, я почав її кликати що сили,але ніякої відповіді я не отримав.

До цього часу травма голови, мабуть, давалася взнаки. У мене стало подвоюватися в очах, я відчув сильну слабкість у всьому тілі і, відповідно, наступна моя спроба піднятися на ноги не мала успіху. Тим часом, за деякими обрисами попереду, я встиг помітити, що мене віднесло на той бік гори, що виступає просто над морем. Ще одну мить і я скотився б вниз з величезної висоти і розбився б.

Раптом, прямо наді мною, з'явилася Габ'яна. Вона міцно притиснула мене до себе і відірвала від липкої та в'язкої гори. За її плечима я побачив величезні сірі, блискучі крила, які сміливо розсікали густий туман. Час від часу я ловив на собі ніжний погляд моєї Габ'яни і був дуже щасливий, що ми разом.

8

Мене розбудили голосні звуки, що лунали десь по сусідству. Я напружив слух і зрозумів, що це діалог між чоловіком і жінкою.Він відбувається латиною. Уривки фраз і голосів, що долітали до моїх вух, не належали нікому з моїх знайомих. Вони більше скидалися на металеві голоси роботів, які встановлюють на автовідповідачах телефонів. Не сподіваючись на успіх, я все ж таки зосередився, щоб розібрати загальний зміст чужої розмови. Невдовзі я здогадався, що жіночий голос належав Габ'яні. Вона виправдовувалася, напевне, перед старшою за рангом людиною за те, що рятувала життя чоловіку і тільки тому наважилася привести його сюди. Габі клялася, що лише виконувала свій обов’язок…

– Ти наразила нас на всі небезпеки, ти порушила нашу таємницю, – наполягав на своєму чоловічий голос.

– Він нічого і ніколи не згадає після травми голови, я особисто про це подбаю, – стверджувала Габ’яна. – Людям ніколи не відкрити нашу таємницю...

Я вирішив підвестися з ліжка і підійти до дверей, щоб їх відкрити і краще розібрати слова. Але раптом, щось незрозуміле без рук і без ніг, невидиме і надзвичайно сильне, відкинуло мене назад на ліжко і придавило так сильно, що мені не було чим дихати і я почав задихатися. Цей безтілесний страж трохи відпустив мене і я побачив перед собою брязкітливе повітря, як те, яке видно, якщо подивитися над вогнем, що горить десь на вулиці.

«Справді, вона має рацію, – подумав я, – дізнатися про їхні таємниці – неможливо».

Я вирішив не нариватися і вдав, що повністю заспокоївся. Тим не менш, я почав швидко вивчати місце, в якому я був. Це була кругла кімната, усипана згори донизу дорогоцінним камінням, без вікон і без видимих дверей. Моє ліжко теж здавалося колоподібним, як пташине гніздо з пухом і пір'ям замість матраца.

Відкриття було шокуючим і я вирішив знову прислухатися, щоб витягти якісь рятівні акорди для себе та для Габі. Тим часом, судячи із того,що я чув,її співрозмовник стукнув чимось по столу і виніс свій вердикт:

– П'ятдесят наступних років ти не показуватимешся на землі серед людей. Жити відтепер вирушиш на безмовні вершини гір, де не ступає навіть лапа звіра. Видобувати собі їжу будеш подібно до птахів у дикій природі.

– Батьку, – благала Габ'яна, – дозволь мені хоч іноді спускатися до моря, дикі птахи теж рибу ловлять.

– Один раз на тиждень, – відповів той.

Від такого суворого покарання, до якого через мене засудили Габі, моє серце защеміло від болю, з грудей вирвався стогін, а з очей потекли колючі сльози. Це закінчилося тим, що я зовсім ослаб. Щоб трохи заспокоїтись і відновитись, я прикрив очі і несподівано заснув глибоким сном.

9

– Води, дайте хто-небудь води, молодій людині погано, – кричала літня дама, а її маленька собака дзявкотіла їй в унісон.

Хтось підійшов до мене і безцеремонно бризнув холодною водою в обличчя. Я розплющив очі і сів, а потім спитав у жінки з собачкою:

– Хай йому! Що коїться?

– Ми знайшли вас непритомним, тут, на площі Міраколі, юначе. Ви, мабуть, перегрілися на сонці. Ви пам'ятаєте щось? – запитала синьйора.

Замість відповіді я запитав у неї котра зараз година. Вона відповіла, що вже шість вечора. Я їй подякував за все і ми розійшлися як у морі кораблі. Без грошей, без телефону, без будь-яких документів, я повернувся до Тірренії і Курт з Пепе прискіпалися до мене з порога.

– Де ти був? Ми всю площу Міраколі обійшли, а ти як крізь землю провалився. На телефонні дзвінки не відповідаєш... Ми хвилювалися за тебе, все ж таки ти гість в Італії; загубишся, де тебе шукати? Так де ти був таки?

– Прямо зараз я приїхав із площі Міраколі. Там якась жінка привела мене до тями. Каже, що я в траві непритомний лежав. «*apoplexia solaria*» – сонячний удар, типу, стався. Але сьогодні з ранку, як я вас і попереджав учора ввечері, ми з Габ'яною домовилися поїхати до Ліворно.

– Даруй, друже, – пригальмували мене мої друзі; – По порядку давай. Яка Габ'яна? Коли ти встиг познайомитись із синьйоріною?

– Коли? Приблизно три дні тому, – відповів я.

– Ти, справді, перегрівся? Ми ж учора приїхали сюди. Тобі треба перепочити і все пройде, – запропонували друзі. – Це зміна клімату, ти ж, як альбінос – тендітний; сонце тільки на таких і «полює».

– Гаразд проїхали. Зараз піду в душ, а потім повернусь, готуйте вечерю. Їсти хочеться. Не забудьте червоного вина, я пиво не буду.

– *Bene*. Гарний знак, приготуємо тобі бістеку з вином, а нам із Куртом із пивом, – мої друзяки заклопоталися біля холодильника, а я пішов збиратися з думками.

Мені раптом згадався американський фільм «День бабака», коли головний герой кілька днів поспіль прокидався в той самий день і щоразу події повторювалися в найменших деталях до нудоти, але для всіх інших це був новий день і вони не могли пам'ятати, що він прокручується кимось не вперше. Ніхто не вірив, що таке можливо, поки головний герой не довів протилежне і не змінив саму долю оточуючих його людей і свою власну.

«У мене теж мають бути докази, що я не з'їхав з глузду, а моя любов і зустріч з Габі така ж реальна, як я сам. Мені треба згадати все в подробицях, що я робив останніми днями» – вирішив я, – «і намагатися не давати привід Пепе та Курту думати про мене як про «пацієнта» перегрітого на сонці; вони мають відпочивати і думати про себе, а не вирішувати чиїсь проблеми, хіба що... непомітно для них самих».

Я вийшов до столу бадьорий і сповнений життєвих сил, що дуже втішило моїх друзів. Пепе оголосив, що завтра рано-вранці ми йдемо рибалити і вони з Куртом підуть копати черв'яків, а я маю вдома приготувати перловку, снасті, стільці, садок і т.д.

«Так, здається, зі мною зараз відбувається не день, а тиждень бабака. Наступною буде шахова партія з пивом після якої Пепе та Курт зжеруть наживку для риби…», – з досадою подумав я.

Всупереч моїм очікуванням, повернувшись у будинок, друзі вирішили поїхати у Віареджо і запросили мене теж потусуватися з ними на знаменитому проспекті, що йде прямо в море, з маленькими кав'ярнями і барами вздовж усієї освітленої, як удень, стометрівки для розваг. Я охоче погодився, але зазначив, що це не підтверджує мою теорію про «День бабака».

Додому ми повернулися опівночі і наживку таки ніхто не з’їв. Рибалення теж пройшло інакше. Ми наловили якусь рибу, та назбирали устриць. Все це знадобилося нам для супу і спагеті на обід, а ще для того, щоб посмажити рибу, що залишилася, в борошні на вечерю. Наступного дня ми поїхали до Флоренції, культурної столиці Тоскани.

До цього часу я дійшов у своїх спогадах до того місця, як ми з Габ’яною були в Ліворно в храмі Мадони ді Монтенера і після екскурсії я купив два тоненькі срібні ланцюжки з різними кулонами. Габ’яна взяла собі той, на якому було зображено храм, а мені дістався кулон із «Всевидячим Оком». Я пам’ятаю, як ми відразу одягли наші ланцюжки на шию. А зараз у мене не було нічого; – ані на шиї, ані у кишенях, ані у сумці, ніде.

«Мабуть, мені доведеться погодитися із тим, що таке безжалісне (для людей, що не звикли) сонце зіграло зі мною злий жарт у чужій країні. У Німеччині такого зі мною не трапилося б. Там навіть сонце, навіть у найспекотніший час доби стоїть «струнко»… – так роздумував я, прощаючись зі своїми неймовірними пригодами та щирою любов'ю до прекрасної італійської дівчини на ім'я Габ'яна або просто Габі, у перекладі Чайка.

Поїзд із Флоренції доставив нас на залізничний вокзал у Пізі. До маршрутного автобуса до Тірренії залишалося 35 хвилин і ми пішли у відкриту кав'ярню на площі Віктора Еммануїла II. Там, не поспішаючи, перевалюючись з лапки на лапку, як шхуни під час морської хитавиці, бродили від столика до столика ситі голуби. Відвідувачі постійно балували їх крихтами від своїх тістечок, булочок, кебабів тощо. Деякі голуби не боялися їсти прямо з рук людей і ті, у свою чергу, відчували себе деякими місіонерами, які роблять добро меншим братам нашим. Дехто приходив на площу спеціально нагодувати голубів і серед місцевих іммігрантів ходило повір'я, що якщо людина втратила роботу, треба йти до голубів, годувати їх і нова робота скоро з'явиться. Мені дуже подобалося спостерігати за цими різноперими, світлими і темними, сизими і білими птахами, що зачаровують і заколисують. Я думаю, що їх недаремно обрали та назвали символом миру. Вони вселяли мир і спокій у кожного і рятували людей від непотрібних тривог.

10

Ранній ранок, промені аврори,щебетання птахів і запах п'янких квітів… Відкриваєш серце, розгортаєш душу назустріч новому дню,новим планам та новим надіям.

Я збирався весь наступний день присвятити морю. Тому завів будильник на шість годин ранку, щоб спокійно випити філіжанку кави і непомітно вислизнути з дому. Однак, замість очікуваного писклявого «голосу» мого будильника, мене розбудив тихий,але наполегливий стукіт у моє вікно. Я підвівся з ліжка і повільно підійшов до віконної рами. На підвіконні сидів маленький худенький голуб. Я пішов на кухню за хлібом, потім повернувся і обережно відчинив одну половинку мого вікна і простяг руку з крихтами голубу. Птах наблизився до моєї руки і замість того,щоб забрати їжу, він викинув щось зі свого дзьоба прямо мені в долоню. Потім пройшовся попідвіконню і злетів в чисте небо. Я глянув на свою руку. Там разом із хлібними крихтами лежав тоненький срібний ланцюжок із кулончиком із «Всевидячим Оком». Я одразу зрозумів усе.

Наступного дня, дочекавшись своїх друзів на сніданок, я урочисто оголосив їм про своє рішення залишитися жити в Італії. Джузеппе був на сьомому небі від щастя. Курт обурювався від несподіванки.

Але зрештою, з тих пір я живу у Пізі. Я закінчив університет тут і став успішним інженером. Курт поїхав до Америки та працює там. Джузеппе вдало одружився і виховує двох добрих синів. Вони мене часто відвідують, а іноді ми разом ходимо рибалити. Тільки один день на тиждень я зайнятий абсолютно для всіх. Я проводжу його вдома і чекаю, коли до мене на підвіконня прилетить маленька сіра голубка і знову постукає у моє вікно. Я широко відчиню його і вона залетить до мене у кімнату, в гості. А я погладжу її і скажу: «Поки живу сподіваюся, що ще колись зустріну мою Габ'яну».

Кудрява змія

Майстерність Асклепія була настільки сильною, що він навчився воскрешати мертвих людей. Однак це не сподобалося Зевсу, і верховний бог вразив Асклепію блискавкою. З поваги до Асклепія, греки стали почитати змію як символ життя (із грецької міфології).

1

Літо – це чудова пора року для більшості людей на землі. Для Сільвана Ковака, молодика 25-ти років, теплі місяці з природою, що буяє зеленню, співом солов'їв, пурханням метеликів і ароматом мільйонів квітів асоціювалися з раєм на землі. Тому напередодні своєї літньої відпустки він узяв до рук популярну в його місті Ламанську щотижневу газету «Маяк» за 20-е серпня 1989-го року, щоб переглянути прогноз погоди на найближче майбутнє, а також переглянути реклами морських курортів і в цілому пробігтися місцевими новинами та подіями у світі. Сільван взагалі завжди дуже любив пресу. Колись, будучи підлітком, він навіть записував найцікавішу інформацію в зошит, а потім переказував її своїм друзям, чим приносив їм велике задоволення. Згодом він почав робити газетні вирізки і це перетворилося на хобі. А в майбутньому хлопець планував написати цілу книгу про всі події періоду його молодості та залишити її у спадок своїм дітям, щоб ті могли читати історію, так би мовити, з першоджерела. Це ж так цікаво! Усі, хто знав Сільвана вважали його ерудованою, вихованою та товариською людиною. Він міг підтримати будь-яку розмову в будь-якій компанії. Не було жодної новини та теми дня, якою він би не володів, у тому числі й ексклюзивною. Наприклад, про те, що якийсь час тому, у пустелі Сахарі 30 хвилин падав сніг, або про те, що з'явилися нові альбоми *Led Zeppelin*, *Pink Floyd*, *ABBA*, *Chris Rea* тощо.

Цього року Сільван шукав організований відпочинок десь у горах чи, краще, на морі.Але сьогодні у «Маяку» відповідних опцій не було. Навпаки, він натрапив на оголошення, в якому пристойні туристичні фірми запрошували всіх любителів тихого полювання, тобто тих, кому подобається збирати гриби та ягоди, провести свою відпустку тут, у лісах Ламанська. Престижні оператори брали на себе організацію таких турів за немалі гроші. «Оце так, я шукаю пригод десь за горизонтом, а люди платять величезні гроші, щоб приїхати сюди і поблукати лісом… Це ж гарна ідея! Спочатку потрібно добре вивчити свій край, а потім їхати у далекі далі…» – подумав хлопець і твердо вирішив провести свою відпустку на рідних меридіанах.

2

Раннього недільного ранку до кімнати Сільвана разом зі співом птахів і першими променями лагідного сонця долинули мажорні нотки маминого голосу. Це Карина Павлівна розмовляла зі своєю молодшою сестрою Ланою, тіткою Сільвана зі столиці. Радість і захоплення як у племінника, так і у його мами викликав уже сам факт того, що вічно зайнята у себе на роботі Лана, їм задзвонила. А сьогодні вона сказала, що збирається взагалі наступного тижня приїхати до них у гості та провести кілька днів у родинному колі.

– Приготуємо до приїзду Ланочки її улюблені гриби по-польськи, можемо спекти «Медовик», зробимо олів’є… – сказала Карина Павлівна за сніданком.

– І ще зберемо букетик з лісових квітів і трав, Ланка їх обожнює. Благо, що я йду також у відпустку з понеділка; часу буде багато і я зможу не поспішаючи блукати лісом із кошиком, – підхопив ініціативу Сільван.

– Синку, ти тільки один, будь ласка, туди не ходи, щоб не заблукати. Адже ти вже чотири роки там не був. За цей час, люди кажуть, ліс дуже змінився: і зливи були такі, що змили витоптані стежки, і урагани літали так, що дерева ламалися під корінь... Та й звірів, схоже, більше з'явилося, особливо диких кабанів та вовків. Щоб приготувати гриби для Ланочки, ми можемо просто піти до крамниці та придбати їх там.

– Еге ж, а запах, а присмак хіба придбаєш? Це буде груба підробка і справжній гурман, такий як наша тітка, нам цього не пробачить! Я запропоную Ігореві Шторму піти зі мною в ліс, він знає там кожну стежку-доріжку. У будь-якому разі, завжди цим хвалиться за грою у шахи, і каже, що веде здоровий спосіб життя, харчуючись тільки дарами лісу та свіжою рибою. Думаю він не відмовиться поповнити свої запаси, а заразом скласти мені компанію.

– Було б добре, – погодилася Карина Павлівна і запропонувала синові подумати ще про одне невеличке дільце, – про косметичний ремонт у їхній квартирі, до приїзду Лани.

3

Свіжий вітерець розносив по лісовому простору чарівний запах диких трав та квітів. Промені сонця розрізали густі тіні, відкинуті соковитим листям гіллястих дерев, що підпирали своїми гострими верхівками ясне безхмаре небо. Після чистого і теплого дощу, що накрапав напередодні ввечері, з усіх боків полізли гриби різних мастей і здавалося, що вони самі просилися до кошику.

Були там і підосиковики, і підберезники, і білі, і печериці, і лисички,і багато інших. Не відставали від них і налиті (від вологи) соком зрілі ягоди: ожина, полуниця, суниця та лохина. Цього року вони були як ніколи рясні. Ігор із Сільваном ледве встигали їх збирати та вкладати у кошик. Не підводячи голови друзі мчали наввипередки вперед доки не натрапили на пеньок.

Тоді вони вирішили трохи перевести дух і підкріпитись. Сільван дістав із рюкзака сало, молочну ковбасу з хлібом та пляшку води. Ігор витяг зі своєї сумки огірки, помідори, варені яйця та пляшечку гарного червоного вермуту.

Підкріпившись і трохи відпочивши, грибники вирішили ще з півгодини позбирати дари лісу, і повертатися назад, щоб встигнути до темряви. Вони умовно позначили собі ділянки для трудового десанту та розійшлися – Ігор ліворуч, Сільван праворуч. Пройшовши кілька кроків уперед, Сільван раптом спиною відчув, що він не один. Випроставшись і озирнувшись довкола, він помітив за п'ять метрів від себе довжелезну, нескінченну, моторошну змію. Від страху він завмер на місці.

Змія теж стала в позу немов кобра і повільно розгойдувалася на всі боки, готуючись до кидка. Раніше Сільвану доводилося бачити різних змій та вужів у селі, де жила його бабуся, і де він провів усі свої шкільні канікули, але таку страшну – ніколи, навіть у кіно. Своїм виглядом і забарвленням рептилія нагадувала тканий червоний килимок із зигзагоподібною жовто-червоною смужкою на спині та з незрозумілим потовщенням на шиї. Воно могло б зійти за капюшон кобри, але вітер, що подув несподівано, розтріпав цей «капюшон» і стало зрозуміло, що на голові і шиї гадюки розхитується від вітру жорстке бардове та кудряве «волосся» або «шерсть». Сільван стояв як укопаний. Він знав, що рухатися і навіть розмовляти не можна, щоб заспокоїти змію і продемонструвати їй свої добрі наміри і тоді вона зрозуміє, що жодної загрози їй немає і просто уповзе...

Але час минав. Хвилини тяглися як години, а години як дні, а страшна змія утікати не збиралася. Тоді він сказав їй: «Пусти!». Та насторожилася, але з місця не зрушила. Після цього втомлена, знерухомлена людина просто зробила крок у бік, і лише погіршила ситуацію. «Дракон» миттєво перемістився вперед і опинився вже за пару кроків від Сільвана. Здавалося, що тепер вона не тільки з цікавістю вивчає його, а й обнюхує всього як собака, перш ніж остаточно ухвалити своє рішення атакувати свою жертву. Дивно, але тепер бідолаха вже не відчував ані страху, ані втоми. Він перебував під гіпнозом червоної змії і не міг відвести від неї погляд. Згодом йому стало здаватися, що змія ворушить губами і хоче щось сказати. Сільван не став розгадувати, щоб це могло бути і перевів погляд на дерева за змією. Вони були червоного кольору, на тлі помаранчевого неба та рожевого повітря. Земля там теж виглядала як справжні американські каньйони, але без кактусів і рослинності!

«Фантастика! Може, я вже на Марсі? Адже розповідають деякі диваки про чорні дірки, про якісь там переміщення в часі, викрадення, поглинання і таке інше. Але чи це могло статися зі мною?! Ні, не зі мною!», – пронеслося у Сільвана в голові. І тут він відчув, що ще мить-друга і він справді якимось чином опиниться на тій червоній території. Щоб відволіктися, Сільван подивився собі під ноги і побачив велику гілку дерева, що, ймовірно, відламалася внаслідок сильного пориву вітру. Десь вдалині почувся схвильований голос Ігоря:

– Не ворушись! Хай піде! Але Сільван бачив, що вже спускається вечір і розумів, що змія не збирається нікуди відступати, а сили його закінчувалися. Тоді недовго думаючи, Сільван швидко підхопив гілку, що лежала у нього під ногами і закриваючи себе нею, рвонув уперед.

Змія, ніби тільки цього й чекала... Немов блискавка, вона миттєво перегородила шлях своїй «жертві» та жодної секунди не зволікаючи, у кидку, зімкнула свою пащу на правому зап'ясті його руки. Біль одразу пронизав усю руку Сільвана, закружилася голова. Молодий чоловік похитнувся і поволі опустився на траву. Він глянув на укус гадюки і почав видавлювати з нього отруту. Незважаючи на це, його рука почала швидко опухати. І серце переповнила образа та лють. Йому дуже захотілося накричати і налаяти останніми словами кудряве чудовисько, але змії більше ніде не було, вона кудись зникла. А разом із нею розчинилося у повітрі все, що асоціювалося з інопланетними пейзажами ще кілька хвилин тому.

Сільван обернувся і побачив Ігоря, який спостерігав за ним здалеку.

– Аміго, як ти?! – запитав він Сільвана, йти можеш?

– Так, я в порядку, – збрехав Сільван. Треба швидше вибиратися звідси, щоб знову не зустрітися з якоюсь твариною.

Невпевненим кроком, трохи хитаючись, Сільван підійшов до друга і попросив не говорити його матері про те, що на нього напала змія. Ігор пообіцяв, але зі свого боку порадив другу звернутися до лікаря, якщо що-небудь…

4

Сонце давно пішло за обрій, залишивши по собі слабкий шлейф денного світіння, що швидко поступається місцем сутінкам. Зефір надвечір наситився сотнями трав: чебрецем, материнкою, м'ятою, ромашкою... всім, що росло в лісі і тепер цим повітрям сміливо можна було наповнювати легені як спеціально приготованим збором лікувальних трав з інгалятора.

Автобус приїхав майже одразу і швидко повіз пасажирів до міста. Щойно діставшись додому, Сільван одразу ж плюхнувся в ліжко, і міцно проспав до наступного дня.

Йому снилися незнайомі місця – ліси з блакитними деревами химерної форми. Вони росли корінням вгору у глибоких ямах червоного кольору. Навколо панувала тиша. Він ходив пустельними стежками чужої місцевості, надто чистими і слизькими, як після ранкових прибирань міських вулиць і час від часу в нього з'являлося відчуття, що ззаду хтось дихав йому в потилицю. Але Сільван на це не реагував. Він фокусував свою увагу лише на тому, що могло йому допомогти зрозуміти, де він зараз перебуває і як йому можна було б повернутися назад, до себе додому, у звичний та рідний йому світ. Доріжка вивела його до невеликих темно-бордових пагорбів. Усі вони були однакової та правильної форми, з високими стовпами на вершинах. Ці невисокі гірки розташовувалися в кілька коротких рядів по чотири в кожному.

Підійшовши до них ближче, Сільван побачив, що це не просто пагорби, а такі собі невеличкі будиночки з довгими вузькими вікнами, але без дверей. Він підійшов ще ближче. Виявилося, кожен стовп має форму певної цифри. Він міг розглянути лише пагорби першого ряду, зі стовпами у вигляді одиниці, дев'ятки, вісімки та шістки (1, 9, 8, 6). Цікавість штовхала Сільвана далі вперед.

І він підійшов до будинку з номером 1 і заглянув усередину через вузьке вікно. Там посеред кімнати ріс широкий зелений кущ, а під ним згорнувшись калачиком, лежала та сама яскрава, нескінченна, кудрява змія, яка вкусила його в лісі напередодні. Через якийсь час кущ заворушився і з нього почали виповзати маленькі змійки, схожі на свою матір. Їх було так багато, що незабаром зелений кущ замайорів живими бардовими, червоними та жовтими фарбами. Вони звивались, вирували і текли як річка у бік вікна, в яке зараз заглядав Сільван.

«Треба ушиватися», – зрозумів він і відскочив від зміїного лігва. Потім хлопець підняв голову вгору і побачив яскраво-червоне сонце над своєю головою. Його розпечені промені пройшлися як лазером по всьому його обличчю і світло гаряче прилипло до шкірного покриву. Руки Сільвана машинально потяглися до очей і в цю мить сон випарувався. Яке щастя – це був лише сон! Насправді він був у себе вдома. Як добре бути вдома! Раніше він про це просто не думав. Потім його думки перенеслися у вчорашній день і він подивився на свою руку, сподіваючись, що змія йому теж наснилася. Однак його права рука була ще трохи напухла і мала болісний синьо–сірий колір.

«Хм-м-м, – простогнав від розчарування Сільван. Таки лісове чудовисько і справді мене вкусило». Він швидко підвівся, одягнув сорочку з довгим рукавом, щоб прониклива мама не ставила зайвих запитань і пішов в душ.

5

Карина Павлівна покликала сина до телефону. Дзвонив Ігор, щоб дізнатися як справи:

– Привіт, що ти як ти?

– Все – окей, не хвилюйся – заспокоїв Ігоря друг. До речі, якщо хочеш поговорити, давай не телефоном, а десь у кав'ярні за чашкою кави; є деякі думки.

– У мене теж. Можу зараз до кав'ярні підійти – відповів Ігор.

– Чудово. Через 20 хвилин підходь у «Гамбрінус».

Вийшовши на свіже повітря, Сільван зрозумів, що трохи переоцінив своє самопочуття.

Його голова, як і раніше, трохи паморочилася, а у вухах стояв незрозумілий дзвін, але в цілому він був задоволений собою і тим, що все закінчилося саме так, а не інакше.

– Добре те, що добре кінчається! – вигукнув Ігор, побачивши свого товариша.

– Та вже… пощастило! Ігоре, ти можеш пояснити, що це було? Я досі як згадаю, так тяжко на душі стає.

Думав, що відісплюсь і все одразу забудеться, але мені і сон наснився про цю змію та її дитинчат, а ще цифри до чогось…

– Почекай, часу ще минуло так мало, що навіть рука не зажила… А які, до речі, цифри ти бачив уві сні? Чи може це щасливий номер виграшної лотереї?

– Не думаю. Мені наснилися лише чотири цифри: 1, 9, 6 і, здається, 8.

Ігор задумався, а потім перепитав друга:

– А чи випадково не 1, 9, 8, а потім 6?

– Взагалі то так; скоріше за все так воно і є: 1, 9, 8, а потім 6, – задумався Сільван. – А яка різниця?

– Може й ніякої, але якщо припустити, що це 1986-й рік, то це наштовхує на думку про Чорнобиль. А ми знаємо вже про його жахливі наслідки, у тому числі й про різні мутації у тваринному світі… Наприклад, ти пам'ятаєш у корів стали народжуватись двоголові телята, у річках ловили гігантських сомів тощо. Отже, можна припустити, що ця нетипова змія зовсім не змія, –зауважив Ігор.

– А що ж тоді?

– Звичайний домашній вуж, що мутував після радіоактивного забруднення! Інакше, я думаю, ми б зараз не розмовляли. Те, що рептилія була неотруйна – це факт. Тобто це був вуж або вужиха!

– Ігоре, знаєш, що думаю? Нам треба повернутись туди знову!

– Навіщо? Зробити сенсаційні знімки та продати їх жовтій пресі? – пожартував Ігор.

– Щось подібне до того, тільки навпаки.

– Щоби ми заплатили жовтій пресі?!

– Коротше… я днями прочитав у газеті, що в наших місцях організовують спеціальні тури для тих, хто любить тихе полювання. І ось я думаю, що якщо непідготовлені люди, звичайні туристи зустрінуться з нашою красунею, то це може погано закінчитися. Але, з іншого боку, якщо ми ось так, просто і без доказів підемо і розповімо все як є журналістам... про те, що в нашому лісі водяться змії «на обличчя жахливі, але добрі всередині», то нас вважатимуть або божевільними або брехунами, або ще щось у цьому дусі. Але головне моє посилання це – якщо ми зіткнулися з постчорнобильськими генними мутаціями, то це для того, щоб цим кейсом зайнялася наука. Тому треба знову йти в ліс, шукати змію, фотографувати її та вирішувати одразу кілька завдань.

– Гаразд, згоден! Наука вимагає жертв, шукатимемо!

6

Ліс зустрів гостей веселим співом птахів і спритним вітерцем, що приводить у рух спокійне лісове життя. Сільван та Ігор обережно ступали по соковитій траві, боячись натрапити на сплячу гадюку. Ігор взяв із собою відомий своєю надійністю та якістю фотоапарат *Canon*, щоб якомога чіткіше сфотографувати рідкісну рептилію, але нічого в цей день не вказувало на зустріч із нею.

Вони дійшли до того самого місця, де два дні тому Сільван намагався втекти від грізної змії, яка захопила його в заручники. На молодих людей одразу наринули ті самі почуття, які вони відчували тоді. Їм захотілося швидше вибратися з цього злощасного місця, але Сільван вирішив все ж таки не здаватися до самого кінця і пішов уперед, туди, де кудрява змія минулого разу перекрила йому шлях.

– Ігорю, йди сюди. Дивись, що я знайшов...

Ігор підійшов до друга і заціпенів від несподіванки: перед ними оголився глибокий обрив, що переходив у колоподібний котлован, на дні якого виднілися невеликі сухі гілки і стирчали гострі кути неотесаного сірого каміння. Зараз важко було сказати чи вирили його спеціально за якимось модним проектом з метою побудувати тут лісний курорт для єднання людини з природою чи він тут був ще з часів Другої світової війни, як результат активних військових дій. А, можливо, тут пройшовся потужний ураган чи торнадо і вирвав з корінням столітні дерева та пні, залишивши по собі глибокі ями в землі, як після роботи бурової машини, або ж на цьому місці колись було озерце, що висохло з часом…

– Ну і ну, – свиснув Ігор, клацаючи фотоапаратом. Виходить, недаремно змійка тримала нас у тонусі! Погнавшись за спокусливими грибами на радощах після випитої пляшечки винця, ми могли б запросто впасти сюди і що тоді? Тю-тю?

– Не знаю, що й думати, – сказав Сільван.

Зробивши ще кілька знімків навколишніх предметів, друзі збентежені побаченим, повернули назад. За кілька кроків до виходу з лісу Сільван помітив на землі пораненого зайця. Бідолашний лежав зі стрілою в боці, не в силах поворухнутися і лише іноді посмикував лапками, все ще сподіваючись підвестися.

– Ігоре, подивися, у нього здається, сочиться кров. Треба допомогти бідоласі.

Вони обережно підійшли до зайця. Той лежав спокійно і лише благаючи дивився на людей величезними опуклими очима, сповненими безнадії та болю. Гидка саморобна стріла глибоко встромилася в його тіло і не давала зрушити з місця. Ігор узяв сірого на руки і почув, як тремтить його серце.

– Жива, животина! Не бійся, ми тебе не з'їмо! – заспокоював вухатого Ігор, а потім звернувся до друга:

– Я витягну стрілу, а ти, Сільване, зірви якийсь чималенький лист із дерева; прикладемо до його рани, щоб зупинити кров, і перев'яжемо косого носовою хусткою, поки не довеземо його до ветклініки.

Сільван приніс листок клена і, як у дитинстві, наслинив його перш ніж прикладати до рани, а потім накрив пошкоджене місце зайця своєю великою хусткою для носа.

Через 35 хвилин вони прибули до ветлікарні. Лікар взяла зайця, що зігрівся в руках Ігоря, і професійно його оглянула. Не знайшовши жодних ушкоджень, ветеринар запитала:

– То в чому тут ваша проблема, ви кажете?

– Ми знайшли цього зайця у лісі. Він лежав на землі з стрілою, що стирчала в його тілі.

– А де стріла? – запитала лікар.

– Витягли і викинули, а до рани приліпили листочок і зверху хусткою придавили. Ви ж самі бачите, що хустка вся в крові – пояснював Ігор.

Жінка уважно подивилася на візитерів, ніби намагаючись визначити ступінь їх сп'яніння, а потім повідомила:

– Я не бачу тут ані рани, ані шраму від стріли, подивіться самі та заразом сплатіть у касу послуги нашої клініки за обстеження вашого зайця.

Ігор і Сільван здивовано подивилися на лікарку, але сперечатися з нею не стали. Потім, міцно тримаючи зайця за вуха, вони самі пильно, сантиметр за сантиметром, обстежили свою знайдену тваринку і здивувалися ще більше – у них у руках був абсолютно здоровий і задоволений життям той самий заєць. Він не виривався з рук, але було видно, що косий був не проти, щоб його відпустили на волю.

Опинившись на вулиці, друзі посадили зайця в траву і той швиденько пострибав у кущі і незабаром зник за чагарниками культурних міських насаджень.

– Ігоре, ти, що-небудь розумієш?

– Так, здається, починаю розуміти, але потрібні ще додаткові факти, – на повному серйозі відповів Ігор.

– Ти напевно, думаєш, що через те, що мене «вжалив мутант», у мене в організмі відбулася якась хімічна реакція від якої змінився склад моєї слини і вона стала лікувальною… І отже заєць видужав завдяки моїй слині? Маячня якась! Все надто складно, щоб бути правдою! – сказав розгублений Сільван.

– Чому ти сумніваєшся?

– Я боюся навіть думати про це, це ненормально!

– Так я й знав. Ти не дрейф. Головне, що ти сам живий і здоровий, а решту життя покаже. Ми з тобою правду знаємо і її зберігатимемо доки не знайдемо пояснень усьому, що з нами сталося.

– Дякую за підтримку та розуміння Ігоре, радий, що ти мій друг!

7

Минуло чотири місяці. Природою керував грудень. Цього року він одразу показав свої таланти. До кінця місяця вже запанували справжнісінькі тріскучі морози і всі дерева стояли, притрушені блискучим білим снігом як по стійці «смирно». Розмальовані морозними мереживами вікна і звисаючі з дахів будинків, прозорі важкі бурульки, створювали захоплюючу картину холодної зимової краси.

Сільван Ковак робив успіхи у своїй кар'єрі і разом із усім колективом його рідного автомобільного заводу, де він працював після закінчення машинобудівного інституту, готувався до Нового 1990-го року. У кращих традиціях підприємства під новий рік профспілка організовувала в актовому залі святковий «Вогник» для своїх співробітників, включаючи музичну програму, шведський стіл, танці та вікторини. Святковий вечір мав бути веселим, запальним та відпочивальним. Тому ведучіми на «Вогник» вирішили обрати відповідну пару: ерудованого Сільвана і дотепну, гарну дівчину Анжелу з сусіднього відділу. Сільван, з властивою йому відповідальністю та азартом одразу ж взявся до справи. Як завжди, він почав шукати цікаві новорічні історії у своїй улюбленій газеті «Маяк» і натрапив на маленьке повідомлення про те, що днями є ймовірність того, що поблизу Ламанська пролетить і, можливо, приземлиться метеорит подібно до того, що вже спостерігали в тутешніх краях в 1980-му році. Газета також попереджала мешканців міста утриматися від лижних прогулянок лісом та від інших спортивних заходів у наступні два тижні.

«Метеорит у 1980-му році? То, може, цей метеорит і вирив той котлован, що вони бачили влітку з Ігорем?» – подумав Сільван і відразу зателефонував другу:

– Ігоре, я тут на цікаву статейку натрапив у нашій газеті. Стаття про загадковий метеорит, який нібито прилітав уже сюди десять років тому. І я подумав, а що якщо той урвищ, який ми бачили влітку, якось пов'язаний з цим? Написали ще, що найближчим часом може прилетіти так само.

– Цікаво, треба буде на лижах сходити подивитись, що у нас там і як. Я ніколи не бачив справжнього метеориту – відповів Ігор.

– Тоді тримаємо руку на пульсі, друже! – сказав Сільван.

– Тримаємо! – погодився той.

8

Найближчими днями нічого незвичайного не сталося, і додаткових новин про метеорит більше ніде не публікували. Чи то тому, що їх не було, чи то тому, що для невеликого, районного масштабу міста Ламанська найважливішою подією напередодні Нового року була підготовка до його святкової зустрічі і на сторінках місцевих газет не було місця для чого-небудь іншого, як для строкатих реклам та торгових знижок на необхідні та непотрібні товари, які можна було реалізувати лише під святковий шумок.

Одна новина все ж таки просочилася в маси з місцевого радіо. Там говорили, що сейсмологами було зафіксовано слабкий землетрус амплітудою у два бали за шкалою Ріхтера в радіусі населених пунктів Ламанська, Спілса та Дутська.

Ігор відразу ж пішов до Сільвана:

– Як ти думаєш, може, той метеорит уже впав десь поряд і тому здригнулася земля на два бали?

– Навряд чи. Якби то був метеорит, то так би і сказали.

– Можливо, його ще не знайшли, а удар об землю вже зафіксували. Значить камінь величезний, якщо землю труснуло. А може він діамантовий?

Треба тепер завжди з собою носити ножівку, бути готовим шматочок відпиляти кілограм на 10… Хе-хе-хе!

– Мрій, мрійнику, бідним людям скарби ні до чого! Так, я чесно кажучи, трохи здивований офіційною заявою про землетрус тому, що в нас тут землетрусів ніколи не було. Звідки вони зараз взялися? Тут немає ані гір, ані океанів… Але, як кажуть, немає диму без вогню!

Ми маємо вирушити «в рейд» і переконатися, що улюблене місто може спати спокійно!

– А давай підемо прямо завтра з ранку в ліс, походимо знайомими стежками, глянемо на все досвідченим оком, про всяк випадок, а потім післязавтра вирушимо в Спілс, поговоримо з людьми ... У нетрі лізти не будемо і нові маршрути прокладати теж не станемо.

– Правильним шляхом, йдете, товаришу! – пожартував Сільван і вони домовилися зустрітися наступного дня на світанку з лижами, санками та похідними рюкзаками.

Хтось любить зимовий ліс більше, хтось менше, проте очевидно, що красу його засніжених ялинок і високих сосен можна порівняти лише з красою безмовних гірських вершин. Взимку у лісі спокійно. Дикі тварини, що шукають собі їжу, і птахи ходять тихо, залишаючи на незайманому снігу сліди своїх лап, нагадуючи про те, що життя взимку йде своєю чергою. Зрідка пухнасті білки, стрибають з дерева на дерево в пошуках шишок, струшуючи снігову крихту з важких ялинок…

І, якщо людина не обмежена у часі, цією красою можна милуватися годинами. Але Сільван та Ігор розпланували свій похід так, щоб до обіду оглянути всі місця, що їх цікавлять, пофотографувати їх, а потім розвести вогонь, перепочити і засвітла повернутися в місто.

Поки що все йшло за планом. Ламанчани вже пройшли основну частину свого шляху та зараз повертали на лісову галявину, де вони влітку збирали гриби та ягоди. Раптом дерева похитнулися, всі птахи, що сиділи на них, злетіли з шумом і помчали хмарою вгору.

– Щось тут не так, давай говорити пошепки і пересуватися на напівзігнутих. Може, тут і взимку якісь зимові змії повзають. Обросли шерстю, як мамонти і повзають – припустив напівжартома, напівсерйозно Ігор.

Опинившись на галявині, вони побачили, що галявина не вкрита снігом, як інші ділянки лісу. Складалося враження, що сніг все ж таки тут був, але потім чомусь розтанув.

– Ігоре, фотографуй, будь ласка, – нагадав другу Сільван.

Підійшовши до кручі, вони пригнулися, а потім лягли на землю, щоб краще бачити дно котловану. Там зараз лежав величезний чорний блискучий камінь, що нагадує вугілля, породи «антрацит», але значно більший. Вся його поверхня була втикана чи то лозинами, чи то антенами. Їх було так багато, що Сільван відразу згадав свій сон про дерева, що ростуть корінням вгору. Потім біля кожного «прутика» з'явилися стрункі високі люди, одягнені в ткані червоні комбінезони із зигзагоподібним жовто-червоним малюнком спереду.

Вони плавно рухалися на гладкому камені, ніби боячись послизнутися, виконуючи якусь роботу. І Сільванові здалося, що він знову спить і бачить через вузьке віконце маленьких змійок, що стікають струмком із зеленого куща.

– Ігоре, знімаєш? – пошепки запитав Сільван.

– Так, – відповів Ігор, клацаючи *Canon*.

Сільван уважно стежив за тим, що відбувається в котловані. Він вибрав собі як об'єкт спостереження одну людину і не спускав з неї очей, поки та не відчула на собі сторонній погляд і не подивилася вгору, а за нею і всі інші.

– Швидко біжимо, вони нас помітили! – Сільван штовхнув Ігоря ліктем у бік і вони зірвалися з місця як присмажені без лиж, санок та рюкзаків.

Не озираючись назад, друзі пробігли чималу відстань і зупинилися тільки коли відчули біль в боці. Трохи перепочивши, вони озирнулися і зрозуміли, що їх ніхто не переслідує. Решту шляху хлопці пройшли мовчки і швидко. Діставшись міста, вони зайшли до найближчої кав'ярні, щоб обговорити побачене в лісі.

– Ігоре, ти все сфоткав?

– Ще б пак, і не один раз, для підстрахування.

– Дуже добре! Тепер ми маємо докази того, що ми бачили в лісі, – сказав Сільван.

– Добре, то воно добре, але як на мене, то цікаве там було лише те, що на галявині розтанув сніг – єдине аномальне явище на лице. А ті люди внизу, швидше за все, зі спецслужб, які беруть проби та досліджують це найаномальніше явище, – висловив свою думку Ігор.

– А камінь із антенами? – не розумів Сільван.

– Камінь явно там з'явився нещодавно. Може це і є метеорит. А щодо антен, я особисто не впевнений. Нам могло здатися, що завгодно. Зараз такі дослідні апарати та технології застосовуються, що нам здається ми бачимо одне, а насправді це зовсім інше. Ось я сьогодні проявлю плівку, зроблю фотографії тоді ми точно все добре розглянемо і зробимо правильні висновки, а потім звернемося куди треба.

– А я тобі скажу ще одне, – продовжив Сільван. Мені здалося, що я їх уже десь бачив, точніше, одного з них. Хоча, погодься, вони там усі виглядали як близнюки. А що це за форма на них така строката? Як забарвлення славнозвісної червоної змії! Жодна серйозна організація не одягне своїх співробітників у таке барахло.

– Сільван, я розумію, що в тебе ще не вивітрився до кінця стрес після зустрічі з тією кудрявою змією і ти ще гостро реагуєш навіть на щось дуже віддалено схоже з нею, але особисто я не бачу зараз жодного зв'язку з тією ситуацією.

– Ти не бачиш, а я цей зв'язок із нею, з тією змією відчуваю щодня кожною своєю клітинкою. І намагаюся знайти хоч трохи пояснення тому, що в мене після зустрічі з нею з'явилася можливість допомагати не тільки зайцям впоратися зі своєю недугою, а й людям. Ти ж пам'ятаєш мою тітку, Лану, ту, що приїжджала до нас улітку?

– А що з нею трапилося?

– У неї розвинувся страшний псоріаз на руках та голові. Вона навіть перестала спати. Мені стало її дуже шкода, і я взяв звичайний зволожуючий крем, змішав його зі своєю слиною і нічого не пояснюючи, запропонував спробувати помазати їм руки. Я подумав, що Лана все одно нічим не ризикує, але якщо в чудовому лікуванні зайця є і моя заслуга, то моя тітка матиме реальний шанс позбутися її хвороби. І що ти думаєш? Вже після першого разу, псоріазу як і не було ! То як я можу не думати про змію? Невже після укусу інших змій постраждалі люди можуть відразу всіх лікувати?

– Знаєш, що кажуть у народі про таких, як ти?

– Що?

– Якщо людині вдасться пережити укус змії, то житиме вона довго і щасливо! Наші пращури навіть тримали в будинку неотруйних змій замість домашніх тварин, щоб вони ловили мишей.

Гаразд, я зараз піду проявляти плівку; потім більш предметно поговоримо, – пообіцяв Ігор, і вони розійшлися по домівках.

Увечері Ігор зателефонував Сільвану і засмученим голосом повідомив:

– Я справді не розумію як таке могло статися. Я зарядив у фотоапарат нову плівку, а вона виявилася чомусь засвіченою. Так, що і цього разу фотографій у нас не буде. Халепа!

9

Настав новорічний вечір. Робітники та службовці автомобільного заводу разом зі своїми рідними та близькими поспішали до теплої актової зали, де на них чекав Новорічний «Вогник». Разом із ними на свято поспішали Ігор та Карина Павлівна, щоб підтримати Сільвана у його новому амплуа конферансьє. Сільван вишукано одягнувся з нагоди і чекав за кулісами Анжелу, щоб перед початком концерту ще раз прорепетирувати їхню програму. Незабаром дівчина–ведуча з'явилася з милою та загадковою усмішкою на вустах, з акуратно покладеним у зачіску каштановим волоссям і у гарній велюровій сукні червоного кольору з зигзагоподібною жовто–бардовою смугою внизу. Сільван широко посміхнувся їй у відповідь і водночас відчув величезний приплив позитивної енергії в душі й тілі. Він одразу прозрів, і згадав, де міг бачити ту людину з котловану. Безперечно, вона нагадала Сільвану Анжелу, вона була схожа на Анжелу. Вони всі були схожими на Анжелу.

Сільван підійшов до Ігоря, і відвів його вбік, а потім пошепки промовив:

– Це її я бачив, вона тут! Вони давно мешкають тут серед нас!

Кімната «Х»

1

Два тижні тому я приїхав у гості до мого єдиного сина Еріка, спадкоємця родини Рішитьєр. З того часу, як мій син залишив Бельгію і поїхав навчатися в канадську провінцію Британська Колумбія, мені доводиться часто їздити його відвідувати, оскільки схоже на те, що він всерйоз вирішив там затриматися надовго. Адже він давно вже закінчив свою університетську програму, потім аспірантуру, влаштувався на роботу за фахом – архітектором, і навіть встиг купити невеликий таунхаус і придбати собаку породи хаскі.

То був його усвідомлений вибір. Про хаскі Ерік багато читав у книгах Джека Лондона, на яких виріс сам і завдяки цим книгам полюбив спокійних, ніжних, доброзичливих і спритних собак, а також перейнявся духом суворої Півночі, що й привело його в далеку Канаду.

Якби я не відвідував свого сина хоча б раз на рік, він би взагалі стер зі своєї пам'яті маленьке місто Льєж, у якому він народився і провів свої шкільні роки. Правду кажучи, з таким ритмом життя, який вже три роки поспіль вів мій син, не виходячи з дому, в тому числі через пандемію *COVID-19*, був ризик того, що скоро він забуде як виглядає місто у нього за вікном. До речі, цьому також сприяє і той факт, що більшість справ можна вирішувати по інтернету прямо із свого ліжка, а продукти замовляти онлайн.

У такій ситуації безперечно людям приходять на допомогу брати наші менші, домашні тварини, яких природа кличе на свіже повітря, а вони, у свою чергу, виманюють з «берлог» господарів, щоб і ті подихали свіжим повітрям і хоч трохи розім'ялися та відволіклися від нещадних променів екранів комп'ютерів, телефонів та іншої електроніки. У цьому сенсі Хантер був справжнім другом. Він витягував Еріка з дому щонайменше тричі на день у будь-яку погоду та у різний час доби.

Подивившись на все це на власні батьківські очі, я вирішив не поспішати з від'їздом до Європи, тим більше, що крім моїх сусідів, мене там ніхто не чекав. Мати Еріка вже давно жила зі своїм другим чоловіком та їхніми трьома дітьми у Франції, і я міг вільно розпоряджатися своїм часом так, як вважав за потрібне.

2

Мені захотілося допомогти повернутися до здорового способу життя мого завжди зайнятого своєю роботою сина. Почав я з найпростішого, з харчування. «У здоровому тілі – здоровий дух», так би мовити.

Тут, у Канаді,на мій погляд, є універсальний у всіх відношеннях продукт – це риба «*wild salmon*» (дикий лосось). По-перше, він доступний за ціною; по-друге, він виріс у натуральних природних умовах без ГМО і, по-третє, у м'ясі лосося міститься безліч корисних мікроелементів, необхідних для організму людини. Ненав'язливо я почав готувати цю симпатичну рибу в духовці, з картоплею, розмарином та часником. Іноді у нас були свинячі реберця з пюре, відбивні в клярі, грибний суп та інші домашні смаколики, як кажуть у Канаді, «*from scratch*», тобто без напівфабрикатів. Я не помилився: мій Ерік посвіжішав, повеселішав і видужав, а Хантер відмовився від собачої їжі в банках (сухий корм Ерік по максимуму уникав так, як він призводить до каменів у нирках у тварин) на користь європейської кухні.

Пролітали дні, а за ними тижні. Кожен із нас робив свою важливу роботу на своєму місці. Вранці ми збиралися за сніданком, а потім розсипалися як бісер по різних кутках будинку і вносили кожен свій внесок у щоденну рутину нашого буття. Потім ми могли зустрітися ще за вечерею і піти разом на вечірню прогулянку. Зазвичай у цей час у жовтні тут часто бувають прохолодні дощі, але вони не можуть відібрати радість, яку дарують нам золоті, зелені та багряні фарби осені, які надають природі особливого урочистого вигляду та наповнюють нас особливим приємним настроєм – спокоєм та затишком.

Ерік багато працював. Він поставив перед собою завдання – продати свій старенький таунхаус і купити невеликий, але новий будиночок з пристойною ділянкою землі для Хантера, щоб собака міг перебувати більше на свіжому повітрі та розминати лапи. Зрідка син навіть купував лотерею, щоби виграти гроші на ці цілі.

Особисто я ніколи не вірив в азартну фортуну, бо у нашій родині вона оминала всіх членів і в усі часи. Я з дитинства зарубив собі на носі слова мого батька, який казав, що у всіх вдач та виграшів є свої *VIP* клієнти і це точно не ми. Нам у житті треба покладатися тільки на себе, на свою освіту, на свою працьовитість і на Бога.

Водночас, деякі люди виграють у лотереї, викопують скарби, знаходять рідкісні старовинні клади на дні океану та багато чого ще. Однак я переконаний, що в кожному з цих випадків вдача сама призначає володаря призу, можливо, як тільки він народився на світ, а потім чекає нагоди, щоб вручити багатство саме йому; інакше, як тоді пояснити те, що найчастіше скарби знаходять випадкові люди, ті, котрі їх ніколи спеціально не шукали, наприклад, будівельники, коли зносили стару хату, чи рили котлован для нового будинку. А було ще чимало випадків, коли рибалки знаходили блискучі дорогоцінні камені в череві ненажерливих риб та восьминогів.

За яким принципом іде відбір везунчиків невідомо. Ми можемо лише будувати наші здогади. Тому я просто погодився б з тими, хто вважає, що кожному своє.

3

Минуло вже три місяці, як я жив разом з Еріком і випещеною псиною з яскраво блакитними чистими, як безхмарне небо, очима. І я вже почав був подумувати про дорогу назад до Бельгії. Але одного разу за вечерею Ерік зізнався:

– Тату, я такий радий, що ти приїхав. Не знаю, як би я без тебе впорався з моїми навантаженнями. Думаю, ти ще від нас із Хантером не сильно втомився і не залишиш нас у найвідповідальніший момент нашого життя.

– Синку, невже ти, нарешті, майже у свої 40 років, одружишся? – поспішив уточнити я.

– Є справи важливіші, – сказав Ерік явно здивований моїм питанням, оскільки, напевно, про його одруження думав більше я, ніж він. – Я тут придивився новий будинок недалеко звідси. Знайшов рієлтора та домовився з ним про продаж нашого таунхауса. Тож вся надія на тебе!

– На мене?! Так я маю придбати тобі новий будинок чи купити собі цей? – пожартував я.

– Насправді все, що від тебе вимагається – підтримувати зв'язок з рієлтором, щоб коли приходитимуть дивитися наш будинок потенційні покупці, ти з собакою міг піти на прогулянку, щоб уникнути зайвих питань.

– Яких, наприклад? – не одразу зрозумів я.

– Деякі люди не хочуть навіть знімати (не кажучи про купівлю) житло в будинках чи квартирах, де мешкала собака чи інша домашня тварина.

При цих словах Хантер глянув на сина, трохи нахиливши голову, ніби хотів сказати, «Невже?!». Син теж помітив погляд Хантера і тому додав:

– Нічого дивного, баді. Тут навіть є окремі багатоквартирні будинки, куди не пускають мешканців із дітьми. Як на мене, і те, й інше, зовсім недоречно. Подивившись на мене, Ерік закінчив:

– *C'est la vie*, якщо хочемо якнайшвидше переїхати до нового будинку, потрібно зробити все, що від нас залежить.

– Ясно. Будемо гуляти.

Час минав, а на ділову прогулянку ми з Хантером вийшли лише двічі і то ненадовго. Це могло означати лише одне – наш таунхаус не викликав до себе великого інтересу, а наш ріелтор не виявляв великого ентузіазму, щоб його продати і замість додаткових зусиль та старань зі свого боку він лише постійно вмовляв нас знизити ціну. Тоді я сказав синові:

– Еріку, минуло майже півроку, а рієлтор нам нічим не допоміг. Його мета – будь-якими шляхами завершити операцію та отримати свої гроші, але якщо ми продамо наш будинок за безцінь, як він хоче, а потім заплатимо чималі відсотки за «прекрасну» роботу, то у нас не залишиться грошей навіть на перший внесок для нового будинку.

– Па, що ти пропонуєш?

– Шестимісячний контракт, який ти підписав із ріелтором, якраз закінчується. Тому пропоную відмовитись від послуг цього «дармоїда» рієлтора, поставити свою ціну на твій прекрасний таунхаус і самим його продавати. Принаймні гірше не буде.

– Хм… У цьому є раціональне зерно, – сказав Ерік. – На крайній випадок, якщо ми продаємо самі, то можемо зробити знижку рівно на ті відсотки, на які б претендував ріелтор і при цьому отримати ту ж суму в залишку. Давай спробуємо самі.

4

Будинки, що стоять по сусідству, продавалися успішно і швидко. За деякі з них навіть йшли «бої», тобто, коли два або більше покупців, які оглядали один і той самий будинок, як на аукціоні, пропонували продавцю ціну ще більшу, ніж початкова. Наш же будинок ніяк не хотів з нами розлучатися і хто б не приходив його дивитися, він нікому не міг догодити.

Тоді я вирішив подивитися на нього по-іншому, як покупець. Я вийшов у двір і неквапом обійшов будинок навколо з усіх боків. Нічого, що відштовхувало б від ньому, як я й думав, я не виявив. Доглянута, охайна, сіро-світло-зеленого кольору двоповерхова будівля – фортеця будь-якої родини; із житловим обладнаним сучасним бейсментом. Це ж *wow*! Чого ще бажати? Покупці нічого хорошого в ньому не помічали, хоча і нічого поганого про нього не говорили. Вони просто приходили, мовчки дивилися на нашу хату, потім йшли і більше до нас не поверталися.

Після цього я вирішив думати оригінально, а не просто дотримуватись принципу «як усі, так і я», що іноді стоїть на шляху досягнення значних цілей. Я попросив у Еріка документи, які він оформлював при покупці свого хауса, сподіваючись знайти якусь підказку для того, щоб виграти угоду на нашу нерухомість.

– Па, а навіщо тобі ті документи? Як вони можуть допомогти? – здивовано спитав син. Ти ж не думаєш, що ми можемо повернути будинок його колишнім господарям?

– Було б непогано – засміявся я. А то ламай голову, що з ним робити.

Отже, у документах на купівлю нашого нинішнього будинку було сказано, що мій син придбав нерухомість у Пітера Скумума 12-го квітня 2013-го року.

Тут моє серце тьохнуло. Прізвище продавця мені здалося дуже знайомим. Я покликав Еріка.

– А що ти знаєш про цього Скумума?

– Ну… Скумум як Скумум. Пенсіонер 1935-го року. У доброму здоров'ї, але вже за поганої пам'яті. Тому його син Майкл поспішив продати будинок, щоб влаштувати свого батька в пансіонат для людей похилого віку, де йому нададуть професійну допомогу і доглянуть його.

– Допомога та нагляд, – навіщось повторив я і раптом збагнув. – Ерік, здається, я згадав звідки мені знайоме це прізвище. Це прізвище десь миготіло, коли я читав про пошуки скарбів чи видобування золота. Давай загуглимо, щоб уточнити.

– Цікаво – підтримав Ерік.

Я відкрив браузер, і пошук привів нас до статті про золоту лихоманку. У 1896-му році в Британській Колумбії жив якийсь Джим СкуКум, майже таке ж прізвище, як і у твого Скумума, – прокоментував я.

– Так от, – сказав я. – Скукум прославився тим, що разом з іншими золотошукачами, Джоржем Кармаком та Чарльзом Доусоном, знайшов багато золота на струмку Бонанза, який впадає у велику річку Клондайк. Так виникла золота лихоманка, яка докотилася аж до Аляски.

– Усього 130 років тому… А як це стосується продажу будинку? Чи мало однофамільців... До того ж, у мене Скумум, а той Скукум. Просто співзвучні імена – сказав Ерік.

– До нас це має безпосереднє відношення тому, що ці прізвища вказали нам на історичний факт, а саме, що золота лихоманка почалася саме на цьому місці, на тій самій території, де зараз стоїть твій дім. І ми можемо тепер з гордістю створити для нього індивідуальний веб-сайт, де разом із усім чудовим, що в ньому є, ми розповімо історію місця, де він розташований. Пояснимо, чому архітектори обрали саме цю місцевість для свого проекту. Згадаємо про те, що навіть такі знамениті письменники як Джек Лондон та Ліліан Крете присвятили колись цій темі свої найкращі книги: «Дочка північного сяйва» та «Повсякденне життя» тощо, тощо...

– На це потрібен час, а чи буде толк? Спробувати, звісно, можна, – погодився Ерік.

– Так, так, значить, не віримо в успіх, розпочатої справи? – підсмикнув я. – Не сумнівайся, мій хлопче, разом ми – сила! Разом ми гори звернемо,а з будинком тим паче впораємося. Згоден, Хантере? – заручився я підтримкою більшості. Пес гавкнув на знак згоди, тому що я показав йому рукою жест «голос», а Ерік махнув рукою типу; «робіть, що хочете, тільки мене не чіпайте».

5

Весь наступний тиждень ми частіше бачилися з Хантером, ніж з Еріком. Вранці він нашвидкоруч снідав з нами, а потім швидко тікав у свій кабінет і просив обід і вечерю закинути йому туди і через дрібниці його не турбувати. Наприкінці тижня, в неділю, Ерік оголосив, що сайт він закінчив, і у нас з'явилися перші коментарі, а потім і солідні візитери. Однак це нашої проблеми не вирішувало. Будинок стояв як неприступний форт.

А в цей час на продаж виставили свій таунхаус наші сусіди зліва Аманда та Лі. У них народилася друга дитина і молоді люди вирішили переїхати в окремий будинок більшою площею, щоб найняти бебіситтера з проживанням (*live-in*).

Покупці, які приходили дивитися їхню хату, після цього йшли до нас. Деякі з них аргументували свою відмову мати з нами справу тим, що у нас було лише дві житлові кімнати, а у наших сусідів три, хоч і розміром менше наших. Незабаром Аманда та Лі продали своє житло, а ми залишилися пасти задніх.

Несподівано мені на думку прийшла ще одна ідея і я поспішив викласти її синові.

– Я тут ось, що подумав ... Нам, як чоловікам, не можна відступати від своєї мети. Це справа принципу, і його необхідно довести до переможного кінця! У мене є деякі міркування!

– Які? – піднявши брови дугою, запитав Ерік і перш, ніж я міг відповісти, продовжив:

– З мене досить! У мене так багато роботи, що я фізично не зможу більше брати участь у реалізації твоїх ідей, навіть найкращих, *sorry*. Зрештою, нічого страшного; поживемо з Хантером як жили до цього, а там буде видно, – з песимізмом висловився Ерік.

– Гаразд, я сам можу впоратися. Ти просто послухай мої роздуми. Я вважаю нам варто дізнатися скільки кімнат у наших сусідів справа і якщо у них теж три кімнати, подивитися їх планування і зробити таке ж саме.

– Це – нереально, – відповів Ерік. – Я не хочу довбати стіни.

– Ну хто ж їх довбатиме, синку? І потім, це не стіни, а внутрішні перегородки. Їх можна мізинцем відсунути або плечем посунути...

– А хто буде сунути?

– Здогадайся.

– Гаразд, па, ти сам запропонував, а в мене робота.

– Окей, ти головне не турбуйся. Зробимо з твого малюка справжні царські хороми з трьох кімнат і продамо, але вже дорожче! Ми навчимо їх купувати елітну нерухомість! – підбадьорив я жартом Еріка.

Наступного дня я зайшов ненадовго до наших сусідів праворуч Кевіну та його дружині

Лорі, щоб переглянути їхнє планування. Як я і очікував, у них теж було три кімнати, кожна з яких менша, ніж кожна з двох мого сина. У відповідь я запросив наших сусідів до нас на каву після ремонту і одразу пішов додому робити розмітки для нової кімнати...

Вдома на мене чекав неприємний сюрприз. У Еріка раптово розболівся зуб, і він не знаходив собі місця. Нарешті, я вмовив його поїхати до лікаря і, як кажуть, немає лиха без добра. Йому попався добрий стоматолог Сара. Вона допомогла моєму синові позбутися зубного болю за лічені хвилини. Ерік взяв візитівку Сари і тепер думав про неї набагато більше, ніж про проблеми свого будинку, оскільки Сара йому дуже сподобалася і в результаті, він майже кожен день під якимось приводом став їздити до неї на консультацію.

Тим часом ми з Хантером закінчили планувати ремонт, і я збирався приступити до здійснення плану. Дочекавшись зручного моменту, поки мій син піде з Хантером на прогулянку, щоб не відволікати Еріка від роботи, я вибрав стіну, яку необхідно змістити для додаткової кімнати, потім узяв кувалду і кирку і почав розбивати цю стіну. Після третього удару у стіні з’явилася реальна дірка. Я взяв ліхтарик і посвітив усередину. На мій подив там виявилася маленька кімнатка схожа на комірчину. Оскільки вентиляції, схоже, там не було, з неї тхнуло затхле повітря.

Тепер мені треба було знести повністю продірявлений перестінок, як знамениту Берлінську стіну, і акуратно зібрати уламки з очей геть. Поки Еріка не було вдома, я продовжив свою роботу і через двадцять хвилин від колишньої перегородки нічого, крім пилу та сміття, не залишилося.

Тоді, постоявши хвилину і подумавши, як перед далекою дорогою, я ступив у простір, що відкрився переді мною, в приховувану роками «таємницю». Усередині зовсім маленької кімнатки-комори стояв трухлявий неприємний, затягнутий павутинням табурет. На ньому зверху притулився якийсь ящик, накритий старою в'язаною шаллю.

Моїм першим бажанням було знайти протигаз, гумові рукавички і тільки потім торкатися цього, вкритого пилом і часом мотлоху. Однак цікавість взяла гору. Я опанував себе, підійшов до табуретки і двома пальцями скинув накидку з дерев'яної скриньки, невеликої, але міцної. На ній, як і належить, висів невеликий замок, що поржавів, з яким я легко впорався киркою.

В останній момент хоробрість мене залишила. Моя рука затремтіла і я не зміг підняти кришку ящика, щоб подивитися, що було всередині. Я вирішив трохи перепочити і дочекатися Еріка. Уява малювала різні картини можливого змісту, знайденої скрині. Я припускав думку, що там міг бути пістолет, можливо якийсь капкан, призначений для зустрічі зі злодієм, еліксир молодості, старовинна карта, старе сімейне барахло, коротше, все, що завгодно. Мені хотілося почути думку Еріка та його рекомендації (оскільки він брав курс археології в університеті) щодо того, чи небезпечно перебувати довгий час у місці, яке було замуровано роками, чи потрібні спеціальні захисні засоби, щоб там працювати чи навіть, щоб відкрити цей ящик, адже там могли бути шкідливі мікроби чи інші небезпечні мікроскопічні елементи. Раніше я читав про те, що при розкопках гробниць вчені стикаються з численними шкідливими бактеріями, які утворюються при розпаді мумій у безповітряному просторі, що може завдати шкоди здоров'ю людей...

Незабаром почувся гамір Хантера і я вийшов йому назустріч. Мій син нічого не підозрюючи, привів собаку додому і вже взявся за телефон, щоб домовитися з Сарою про зустріч, але побачивши мене, мій збентежений вигляд, він вирішив трохи почекати і тому обережно запитав:

– Щось трапилося?

– Я чекав на тебе, щоб разом доторкнутися до «вікової таємниці», так би мовити. І, до речі, хотів у тебе уточнити, чи можна входити до кімнати, яка була довго замкненою і там ніхто не жив?

– Треба одягнути маски та рукавички. Можна використовувати маску *KN95* та вінілові рукавички від *COVID-19*. Якщо ти вже взявся за стіну, там має бути багато пилу і маски з рукавичками захистять достатньо. Ти вже взявся за мур?

– Так, там виявилося дещо несподіване, але без тебе я не хотів розбиратися. Можливо, ми на порозі відкриття століття. Ти ж маєш вчений ступінь і в лотерею хотів виграти, ось якраз це може бути все в одному ящику, – напівжартома підбурив я сина.

– Точно, па, а рукавички та маска, якраз і допоможуть захиститися від «відкриття», яке так і прагне осісти на легенях у вигляді важкого білого пилу. Гаразд, рукавички та маски на кухні в столі. Зараз принесу. Тобі потрібна допомога? Захопити і тобі?

– Еріку, я, звичайно, розумію, що ти людина науки, але навіть великим ученим для їх відкриттів потрібна була уява, увага та терпіння. Я ж тобі сказав, що знайшов таємну кімнату.

– Па, я збирався зателефонувати Сарі. Тому, давай я тобі допоможу зі стіною, а помріяти можна в інший раз – нетерпляче перебив Ерік.

– Давай хоча б припустимо, – продовжив я, – що ти таки виграв у лотерею мільйон, що б ти зробив?

– Мільйон тут не такі великі гроші. От якби мільярд…

– Гаразд, мільярд.

– Навіщо ділити шкуру невбитого ведмедя?

– Окей, ти маєш рацію. Ти запитав, чи потрібна мені допомога, так, потрібна. Тому візьми рукавички та маску і, пішли подивимося разом.

– Відкриваємо, синку, дивимося, разом виносимо і я продовжую ремонт, а ти свої справи, – сказав я, – час не чекає!

Ерік поправив на обличчі маску і відкрив кришку дерев'яної скрині, і там ми побачили…

6

Там мовчки лежали жовті гладкі блискучі і холодні зливки чистого золота. На них не було жодної мітки чи тавра, які б говорили про його власника.

Це кардинально змінило наші плани. Ми передумали продавати наш вірний таунхаус і робити в ньому третю кімнату. Ми відновили його в попередньому вигляді та зробили гарний сучасний ремонт. Він став для нас «запасним аеродромом», додатковим житлом про всяк випадок, наприклад, для гостей.

Ерік, як і хотів, купив собі з Хантером ще одну хату, але за містом, точніше сказати, ферму і переїжджав туди лише на літній час. Він залишив собі ще трохи грошей на весілля із Сарою. Дісталося щось із цієї знахідки і мені. Інші зливки ми вирішили віддати на благодійність.

Я повернувся до Європи і зайнявся своїми звичайними справами. Час від часу я почав купувати собі різні лотереї, грати в лото, брати участь у різних конкурсах, але не для того, щоб виграти, а для того, щоб підтримати фортуну, вселити в людей віру в неї. І нехай не всім одразу щастить у цьому великому світі, але надія на перемогу приваблює успіх. І хто знає, хто той щасливчик, кому пощастить наступного разу.

Одного разу у Бінську

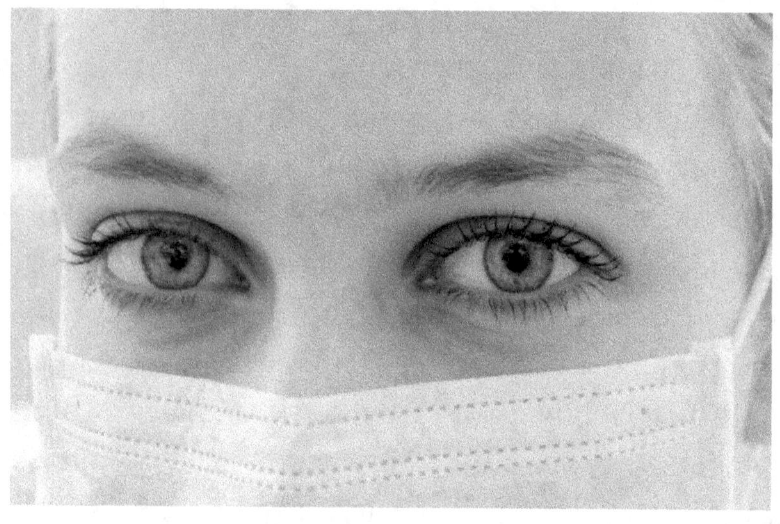

1

Багато різного сказано на адресу природи та пори року. Одні люди постійно скаржаться на дощ, сніг, спеку і вітер; інші стверджують, що природа не має поганої погоди, співають пісні «літо, ах літо, будь зі мною…», «весняний поцілунок серед спекотного літа…» або читають вірші типу «цей травень чарівник, цей травень чарівник…». Звичайно ж, у будь-якому місяці будь-якого сезону є чудові дні на будь-який смак, але, як правило, – це теплі та сонячні періоди. Важко собі уявити людину, якій міг би подобатися похмурий осінній день із суцільно затягнутим сірим небом, що нагадує старий брезент, крізь діри якого рідко проглядаються тоненькі струмки денного світла.

Дехто на вулиці, випускаючи пар з рота, поспішав якнайшвидше опинитися в затишному приміщенні, по можливості вдома,щоб зайняти улюблене місце на кухні і поїсти гарячих пиріжків з яблуками або фруктовим повидлом, або з чимось ще, але обов'язково солодких; – на противагу гірко-кислій, вологій погоді.

Костянтин Іванович Буднєв любив саме таку погоду. Він пояснював це тим, що йому краще думається під звук дощу та виття вітру. Костянтин Іванович був талановитим хірургом в обласній лікарні міста Бінська, де працював зі студентських років. Чарівного чоловіка 44-х років вважали гарним у всьому: його зовнішній вигляд гармонійно поєднувався з його характером. Завжди ретельно випрасуваний одяг, начищене взуття, ідеальна свіжа стрижка, і охайні руки підкреслювали його пунктуальність, небагатослівність і відданість своїй справі. На його рахунку були десятки складних операцій, які мали успіх. Він вимагав повної віддачі на роботі від себе та від своїх колег.

Напевно, саме через такі високі стандарти та відданість справі Костянтин ще не зустрів свою супутницю життя і не завів справжніх друзів,а витрачати свій дорогоцінний час на те, що йому не подобалося,він не міг собі дозволити. Злі язики в його оточенні говорили, що їхній двометровий (насправді, його зріст був лише 186 см) колега вже звів з розуму не одну медсестричку своїми виразними синіми очима та рельєфним орлиним носом як у римського гладіатора. Сестри милосердя були здатні працювати навіть у нічний час, аби потрапити в одну зміну з успішним хірургом-холостяком. Проте, красень і профі не помічав дівчат, що полювали на нього, і ті, зневірившись, почали вигадувати про Костянтина Івановича всякі безглузді плітки. Завдяки їм за лікарем закріпилося прізвисько «женоненависник»і скоро дівчата змінили предмет свого зітхання. Вони перенесли всі свої свіжі, романтичні почуття на Бориса Миколайовича Каца, не менш цікавого та просунутого холостяка в особі завідуючого психіатричного відділення тієї ж лікарні.

Костянтин часто стикався з Борисом по роботі,бо хворі Каца на знак протесту проти «лікарського свавілля» постійно ковтали предмети на кшталт ключів, кілець, ґудзиків, загалом усе, що під руку попадеться.

Лікар-хірург та лікар-психіатр народилися в один рік і закінчили один медінститут у своєму рідному Бінську. В усьому іншому земляки відрізнялися один від одного, як апельсин від поїзда. Маленький, товстенький і лисенький психіатр був веселої вдачі, невимушеним у спілкуванні та відкритим для людей. До нього не боялися звертатися громадяни з будь-якого питання, оскільки була думка, що Борис Миколайович дуже доброзичливий, він все правильно зрозуміє і завжди допоможе.

На відміну від хірурга, психіатр не акуратував ні з одягом, ні з даним ним словом. Він часто забував свої обіцянки, спізнювався на наради, але любив свою роботу і добре з нею справлявся. Прихильність італійському бренду від «Валентино» не рятувала його дорогі речі від жирних плям, пом'ятості та пошарпаності... Траплялося, хоч і дуже рідко, що після «важливих зустрічей» Борис Миколайович приходив на роботу в середині дня із запахом алкоголю від якого можна було легко запалити смолоскип, у поспіхом одягнених на босу ногу дорогих туфлях від «Васко Россі», що стороння людина в такі дні могла б прийняти лікаря за пацієнта його ж відділення.

Проте завідувачеві все прощалося за його доброту, компетентність та демократичність управлінського стилю. У лікарні його називали чарівником і спасителем, а вдячні родичі хворих записувалися у чергу допомагати його відділенню у придбанні сучасної лікувальної техніки, ремонті палат, хто на що був спроможний, головне, що все йшло від душі і виходило як мріяли в старі часи «від кожного за здатністю, кожному за потребою». Як і Костянтин, Борис теж любив свою роботу, але ставив це собі за заслугу або навіть іншим в приклад. Він також не був одружений, але скоріше не через роботу, а тому, що йому набридли дівчата, які всі, як на підбір, однаково користувалися заїжджними до дірок популярними виразами, одягалися по одній моді, мали схожий макіяж і говорили на банальні теми або ділилися плітками. Як галантний чоловік і жіночий угодник Борис з усім погоджувався, всьому розчулювався, брав у панянок телефончик, але ніяких серйозних стосунків він не заводив.

2

Задзвонив будильник. Його нестерпний тон нагадував звук тертя виделки о дно сковороди. «Ох і будильник!», щоранку нарікав Костянтин, маючи намір купити новий нормальний годинник, але після душу, сніданку і випитої ароматної чашки кави, увага доктора перемикалася на інші, більш важливі справи і старий, безсердечний будильник продовжував жити своїм життям, а хірург, що остаточно прокинувся, йшов на роботу.

Сьогодні, як завжди перед тим як вийти на вулицю, він підійшов до вікна, відсунув фіранку. За вікном було сиро через дощ, що зірвався з усіх котушок і лив усю ніч безперервно, а вранці залишив по собі густий туман. «Погода – те, що лікар прописав», – пожартував про себе Буднєв і пішов у гараж за своєю Хондою.

Він їхав повільно, насолоджуючись виглядом погоди за вікном. Йому було затишно на серці і легко дихалось. Поступово всі його думки переключилися на рутинну роботу і на список блатних пацієнтів, яких він мав сьогодні прийняти у лікарні. Буднєв не любив ділити людей на знайомих та інших, але всі його колеги та друзі завжди його просто благали про допомогу і він не міг нікому відмовити, хоча вони могли б записатися, як усі у чергу, адже хороший лікар лікує всіх однаково – він просто по-іншому не вміє.

Несподівано Костянтин побачив щось, а вірніше когось прямо перед його машиною, що рухалася. Він ударив по гальмах, але за рахунок інерції машину простягло вперед, вдаривши людину.

Костянтин відстебнув пасок безпеки і швидко поспішив на допомогу. На нього жалібно дивилася пара великих і дуже сумних сірих очей, які благали про допомогу, чи то через удар, чи то, швидше за все, через щось ще.

– Вибачте мене будь ласка. Ви так несподівано постали перед машиною, я вас не помітив. Я нікого не звинувачую і не виправдовуюся, даруйте, мені дуже шкода. Ви не сильно забилися? Я викликаю швидку допомогу та поліцію. Чи можете ви рухатися? – звернувся до молодої дівчини переляканий Костянтин.

Тіло, що лежало зверху на капоті машини і якому належала пара нещасних очей, мовчало і просто благало дивлячися в його бік.

– Так, – сказав Костянтин, витягаючи мобільний телефон, – вам зараз не до запитань. Все буде добре, потерпіть, зараз приїде швидка.

Вдруге тихий, здавлений жіночий голос із схлипуваннями зупинив його:

– Ні! Будь ласка, не потрібна швидка і поліція, я сама можу йти. Мені тільки перепочити пару хвилин…

– Добре, ви тільки не хвилюйтесь. Ми у всьому розберемося. Зрештою, я сам лікар і якщо у вас руки, ноги цілі, то я відпущу вас на всі чотири сторони, – кажучи це, він підхопив незнайомку під руки і поставив поряд із собою.

Вона була легка, як кульбаба, не більше 40кг ваги і нагадувала в'язня замку Іф.

– Будь ласка, відпустіть мене, ви ж бачите, що я стою нормально і мої ноги та руки не поламані, – попросила потерпіла.

– Будь на вашу, йдіть якщо хочете, – сказав Костянтин, – тільки напишіть спочатку мені розписку, що ви не маєте до мене жодних претензій, а то знаєте, зараз ви говорите одне, а додому прийдете і передумаєте, і напишите заяву в поліцію, що нібито я вас збив і втік.

Поки він поліз у бардачок машини за папером і ручкою бідолаха хитаючись з боку на бік, попрямувала до середини шосе; чи то тому, що справді хотіла його перетнути, чи то просто пішла наугад від гріха подалі.

Костянтин супроводжував її поглядом. Раптом втікачка затремтіла, ноги її підкосилися і вона впала без почуттів прямо на асфальт на проїжджій частині.

– Що це таке? – беручи її на руки, сказав водій–хірург.

– Не треба лікарні, – як мантру белькотіла незнайомка.

«Гаразд, була не була, відвезу її до себе, а там буде видно», – вирішив він .

Костянтин Іванович дбайливо посадив дівчину в машину і тільки зараз звернув увагу, що вона в лікарняній піжамі та боса. Її коротко острижене сиве волосся і худорлявість разом із легкою сутулістю старої людини вказували, що їй було років 50, але вираз її обличчя і особливо очі молодої дівчини, майже дитини унеможливлювали визначити її точний вік і ставили під сумнів будь-яку, навіть приблизну цифру.

– Я відвезу вас до себе додому, ви не проти? – спитав лікар.

– Дякую.

Костянтин одразу подзвонив на роботу і сказав, що сьогодні не вийде, оскільки не добре почувається, але додав, що температури немає, щоб не хвилювалися. То була чиста правда. Він почував себе погано. Мало хто з учасників навіть найлегшої ДТП уникав стресу, який давав себе знати якщо не відразу, так пізніше, а для хірурга, навіть такого бувалого і не позбавленого самовладання, твердість рук і спокій були не просто бажані, а необхідні.

3

Буднєв заїхав у дачне селище під назвою «Квітучий сад», де знаходився його заміський будинок, який він сам будував протягом десяти останніх років. Коли будинок було закінчено, його власник оголосив, що відтепер житиме на природі, вирощуватиме овочі, фрукти та слухатиме спів птахів. Щоб його не забували в місті, щосуботи він запрошував до себе родичів на шашлик чи барбекю.

Батьки підтримали рішення сина і віддали йому в компаньйони Тимофія, кота з великої літери та розкішною рудою шерстю. Тварина любила не всіх, хто приходив до них. Все залежало від запаху гостей. Тому у мурлики сформувалися свої методи спілкування з новими людьми. Добре пахнеш – ласкаво просимо; погано – пахнеш,будеш пахнути ще гірше!

– Тимофію, – звернувся до кота Костянтин, – сьогодні у нас гостя, прошу любити і шанувати.

Цей тон пухнастий волоцюга добре знав. Він означав, що представникам сімейства котячих не треба потрапляти нікому під ноги. Тому слухняний кіт, обережно обнюхав даму, що прийшла в його будинок, і відразу відскочив убік на знак незгоди з її нудотним запахом. На людській мові це виглядало б так: «Якби у неї було взуття, я б відреагував».

Тим часом, Костянтин влаштував незнайомку у своєму кабінеті і як належить лікареві, поміряв тиск, перевірив пульс і пропальпував усі життєво важливі органи, наскільки дозволяли домашні умови. Дівчина поставилася до цього з розумінням та вдячністю одночасно. Діагноз, який встановив хірург – був зневоднення та хронічне виснаження. Дівчину необхідно було лікувати на стаціонарі і лікар збирався їй це пояснити найближчим часом, а зараз він просто дав достатньо води та трохи їжі і залишив її, щоб вона могла спокійно відпочити.

4

Тимофій промчав повз свого господаря, передчуваючи незаплановану прогулянку на повітрі і причаївся біля вхідних дверей, чекаючи сигналу. Нарешті, у двері постукали і Костянтин поспішив її відчинити. На порозі з'явився Віталій Петрович на прізвисько Говорун, сусід по дачі,а тим часом вдячний кіт зник у дверях. Не дивлячись на зайву товариськість, зараз Говорун прийшов ніяк не побалакати.

– Добридень, Костю, – звернувся він по-сусідськи, – а я дивлюся, машина твоя стоїть у цей час дня тут, дай думаю, зайду до тебе, дізнаюся; може, ти порадиш, що робити з моєю Аннушкою, бо знову щось з'їла і скаржиться на живіт. Дружина каже температура навіть піднялася…

– Привіт, Петровичу, кажеш дитину чимось погодували? Блювота, діарея є?

– З донькою весь час моя дружина Валя, я не знаю, – знизав плечима сусід.

– Ходімо, поговоримо з твоїм жіночим царством, – сказав Костянтин і вони попрямували до дому Говоруна.

– Привіт, Костю, вибач,що потурбували... Ми вирішили підстрахуватися і порадитися з тобою, якщо ти вдома, – сказала Валентина. – Я б не стала хвилюватися, якби в Ані спала температура, а то ж таблетку жарознижувальну їй даю, а вона рве назад і 38°С не падає, а попереду ціла ніч…

Костянтин зайшов до кімнати хворої доньки Віталія та Валентини. Їй було п'ять років і вона, як дві краплі води, була схожа на свого батька.

– Доброго дня, принцеса, як справи? Чому не приходиш грати з Тимофієм? Він прислав мене запитати, коли ти його відвідаєш? – сказав Костянтин.

Вона насилу видавила з себе посмішку і відповіла:

– Дядю Костю, я вже доросла і знаю, що котики не вміють говорити.

– Ах ось воно що! Ти просто розумниця! Але скажу тобі по секрету, що мій Тимофій точно вміє говорити, але тільки своєю котячою мовою, а я навчився його розуміти. Хочеш, я зараз перевірю, чому в тебе болить животик, а потім навчу тебе теж розуміти мого мурлику? – запропонував лікар.

– Так, – трохи чутно промовила дівчинка.

Як фахівець він оглянув дитину та зробив невтішні висновки. Все вказувало на запалення апендикса.

– Петровичу, треба терміново везти Аню до дитячої обласної лікарні, збирайтеся швидше, я чекатиму на вас у машині.

Бюрократія проникла як невидима радіація у всі сфери людського життя. Не обійшлося без неї й у дитячій охороні здоров'я. Перш ніж потрапити до лікаря, потрібно було заповнити багато паперів, а після цього невідомо скільки чекати поки запросять на прийом. Костянтин знав, що часу на будь-які очікування вони вже не мають. Тому він одразу пішов до завідуючого дитячої обласної лікарні, пояснив ситуацію та попросив обстежити Аню без черги. На щастя, він був почутий і його діагноз підтвердився. Дівчинку швидко прооперували та врятували їй життя.

5

Наступного ранку Костянтин зайшов провідати свою незвичайну гостю.

– Доброго ранку, як ви? – звернувся він до неї.

– Дякую, набагато краще, – відповіла та.

Костянтин продовжив:

– Ми вчора з вами не познайомились. Зрозуміло, нам було не до цього, але сьогодні ви у мене в домі і я хотів би знати хто ви, як вас звуть, чому ви так виглядаєте…

– У голові все перемішалося, я не пам'ятаю багато речей, які зі мною відбувалися останнім часом. Мені… втручалися в пам'ять, я мушу добре подумати, – нерішуче промовила дівчина.

Дивлячись на бідолаху, він подумав, що вона або боїться розкриватися першій-зустрічній людині, щоб знову не опинитися там, звідки втекла, або ще не до кінця відійшла від ДТП. Щоб визначити в якому вона стані і чому це каже, він її знову запитав:

– Ви пам'ятаєте як вам впливали на пам'ять?

– Думаю гіпнозом, – відповіла вона.

– Ви відвідували сеанси гіпнозу?

– Ні, мене кілька років тримали у лікарні та проводили різного виду «лікування», зокрема й гіпнозом.

– Я зрозумів. Давайте зробимо так:

Зараз я поїду на роботу, а ви з Тимофієм залишитеся на господарстві, поїсте, відпочинете, згадаєте як вас звуть, наприклад, а ввечері я повернуся і ми поговоримо. Тільки, будь ласка, нікому двері не відчиняйте. Окей? – попросив господар будинку.

– Окей, – погодилася дівчина.

Костянтин не знав, що думати. Він гнав від себе думки, пов'язані з ситуацією, оскільки відчував, що пахло неприємностями, але треба було займатися справами. Він дістав телефон із кишені та прочитав нове повідомлення. Воно було з роботи і в ньому говорилося, що в психіатрії сталася якась непередбачена ситуація і, можливо, потрібна буде його допомога.

«Мама мія! Папа Педро!», – промовив Костянтин (він завжди говорив ці слова замість матюків. «І тут непередбачена ситуація! Прийшла біда, відчиняй ворота… Ну яка ж точна наука ця народна мудрість!»

Костянтин переступив поріг кабінету Бориса Миколайовича. Там уже були заплакана медсестра, серйозний санітар, спокійна, але настороженa анестезіолог та обурений завідувач.

– Здрастуйте, дорогий Костянтине Івановичу, дякую, що прийшли. Сідайте, у нас неординарна ситуація, – сказав Борис Миколайович, а потім сухо звернувся до медсестри:

– Розкажіть усе по порядку.

Медсестра почала плакати і плутано пояснювати те, що сталося:

– Сьогодні вранці я… я зайшла до палати № 6, як завжди о 7:00 ранку, щоб поставити крапельницю хворому Іванову і… – вона завагалася.

– І… – підганяв її завідувач.

– …побачила, що у ліжку поруч із ним Русакова з третьої палати. Іванов схопився на ноги. Я злякалася і покликала на допомогу санітара

Василя (вона кивнула у бік присутнього санітара), а хворий Іванов на знак протесту розламав навпіл свій зубний протез, після чого схопив одну половину і поклав її собі до рота. Я хотіла забрати, але він заявив, що вже проковтнув. Потім він втік у туалет, де сидить і досі нікого не пускає.

– Швидко ведіть його до рентген кабінету, – розпорядився хірург, – треба подивитися де протез зараз знаходиться. Якщо пощастить, ми встигнемо дати йому ліки для блювання. В іншому випадку, Іванову може знадобитися операція.

Раптом без стуку відчинилися двері і зайшла прибиральниця з повним відром води для миття підлоги та шваброю. Вона побачила заплакану дівчину і збагнула, що це тому, що хтось із пацієнтів у її зміні втратив протез:

– Ось, знайшла, коли мила в 6-ій палаті, – сказала вона і простягла, немов іграшку дитині, що плаче, дві половинки зубного протеза медсестрі.

– Дуже дякую, – подякувала та.

На цьому всі зітхнули з полегшенням і залишили кабінет Бориса Миколайовича, якому вже хтось телефонував. Щойно вони вийшли за поріг, анестезіолог наче сама собі пробубніла:

– Цього разу обійшлося, чи надовго.

– Ну, що ж ви хочете, контингент у цьому відділенні вразливий, – усміхнувся Буднєв.

– Уразливий? – поставила риторичне запитання анестезіолог і подивилася у всі боки, щоб переконатися, що всі інші колеги вже встигли піти вперед. – Зайдіть у відділення увечері, ви багато зможете почути. Вчора, наприклад, проходжу я повз так звану *VIP*–палату, а там ґвалт!

– Не можу повірити, що у такого відповідального керівника, як Кац, були серйозні порушення дисципліни у відділенні. І на старуху буває проруха, – спробував пом'якшити незручну розмову Костянтин..

Анестезіолог продовжила:

– Костянтине Івановичу, ви – добрий хірург і добра людина. Чи можна я у вас щось запитаю? – сказала анестезіолог і взявши його під руку, попрямувала разом з ним до його кабінету.

Спершу Костянтин подумав, що вона має питання до хірурга з особистого здоров'я. По дорозі ж анестезіолог уточнила, що на своєму вечірньому чергуванні тиждень тому,вона чула віддалені несамовиті крики, які бувають, коли людям навмисно завдають біль.

Вона пішла на звук цих криків і вони привели її до тієї *VIP*–палати, яка знаходиться в самому кінці психіатрії і номера на ній немає, тому її і назвали *VIP*. Тільки-но зібралася вона туди зайти, як з палати вийшов Борис Миколайович, розсерджений і скуйовджений. Побачивши її, він здивовано запитав:

– Не чекав вас побачити тут так пізно. Що ви тут робите?

– Борисе Миколайовичу, я на чергуванні сьогодні. Я почула крики та прийшла подивитися, що сталося.

– Щоб не дозволити нашим пацієнтам завдати собі шкоди, їм одягають гамівні сорочки, а це іноді викликає у них істерику, от вони й виносять мозок. Моя люба, будучи лікарем ви не повинні бути такою вразливою, адже жалістю хворим не допоможеш. Наступного разу постарайтеся сфокусувати вашу увагу на ваших безпосередніх професійних обов'язках або змінюйте роботу, – висловився Борис Миколайович ніби жартома, але було видно, що він серйозний.

– З того часу наші стосунки з Кацом дали тріщину, Костянтине Івановичу. Я почала підозрювати його в тому, що він займається лікуванням незареєстрованих хворих (інакше чому на палаті немає номера), а він мене в тому, що я суну свій ніс не у свої справи або що мені не дістає професіоналізму. Як би там не було, я вирішила дати вам знати наперед, якщо раптом він захоче мене звільнити або почне розпускати неправдиві чутки, –полегшила душу анестезіолог.

Розмова з нею залишила неприємний присмак у Костянтина. З одного боку він подумав, що вона перебільшує, з іншого боку, факт був очевидний, що існує якийсь конфлікт. Також Буднєв замислився про те, а якщо і в його колективі хтось на нього ображається і подібні речі розносять за його спиною?

6

Повернувшись додому, Костянтин із подивом побачив, що кіт сидить біля вхідних дверей і жалібно нявкає. Він зайшов додому та побачив, що дівчини ніде не було. «Хм… видно, вже одужала…», – подумав він трохи обурено. Ніхто її не змушував до нього приїжджати, а тепер вона втекла нічого не сказавши; втім він був винним у дорожній пригоді, а тому звинувачувати дівчину ні в чому не міг.

У двері подзвонили. То був Говорун:

– Привіт, Айболіт! Ганнуся передає тобі та Тимофію велике привітання і готується до вас у гості, – почав Віталій. – Ми з Валею дуже тобі вдячні, що ти врятував нашу дочку. Ми тепер твої боржники.

– Петровичу, це моя робота. Не бери в голову. Передавай Анні велике привітання від мене і Тимофія! – постарався швидше вивести сусіда Костянтин.

– Хвилинку, Костю, я не тільки за цим до тебе прийшов. Поки тебе не було по нашому селищу ходили двоє поліцейських. Вони зайшли до мене і показавши документи, пояснили, що шукають злочинця-дівчину, що втекла з в'язниці. Показали її фотографію, а там худорба якась і більше схоже, що це не вона небезпечна, а їй загрожує небезпека. А у цих двох морди червоні, одним поглядом таку б переламали на двоє.

– Дивно…

– Ось і я теж подумав. Видно, дівчисько стало свідком чогось; не схоже воно на злочинця, – сказав Віталік задумливо. – Але, я не дарма тобі сказав, що ми твої боржники.

– Ти у курсі? Я забрав дівчину до себе додому після ДТП після того, як я її збив на дорозі, – пояснив Костянтин. – Вона відмовилася їхати до лікарні; але якщо, як виявляється, її шукають, то ми всі в небезпеці, і вона не може тут залишатися.

– Так. Напередодні я бачив у тебе у вікні якусь худесеньку дівчину, тому я, як тільки тих двох спровадив, пішов до тебе попередити. Постукав, а там вона відразу відкрила. Я пояснив у чому справа і вона, не сумніваючись, прийшла до нас з Валею. Ми сховали її у своїй таємній кімнаті. Думаю, вже безпечно, йдемо швидше.

Побачивши Костянтина, Валентина подякувала за допомогу дочці, а потім кивнула у бік його гості:

– Бідолаха.

– Мені стало краще, і я все згадала, – сказала дівчина. – Мені 17 років, мене звуть Елла Круг. Принаймні так мене називали в інтернаті, в лікарні мене ніяк не називали. Вибачте, що вплутала вас в цю історію я зараз же піду, щоб не наражати вас на небезпеку.

– Елло, – втрутилися Валя, – залишайся у нас у таємній кімнаті, поки небезпека мине..

– Можливо, це й непоганий варіант, проте у довгостроковій перспективі проблему треба вирішувати. Мій колишній однокласник – детектив, він допоможе розібратись у ситуації. Тобі пасує? – запитав Костянтин Еллу.

– Мені нема чого приховувати. Єдине, чого я боюся, – це щоб доктор Ло не підкупив усіх і мене не повернули йому.Він має багато людей у підпорядкуванні і у нього є гроші. Його бояться та слухаються.

– Так, лікар… – сказав Костянтин.

– А що цьому Ло від тебе треба, – спитала Валентина.

– Спочатку я була під його наглядом і він писав про мене у своїх медичних відкриттях, оскільки мене вважали незвичайною дитиною. У дитбудинку до мене запрошували професорів тому, що я вночі гуляла по дахах, а пояснити, що мені просто подобається дивитися, коли місто спить, я не могла тому, що не вміла говорити, хоч глухою не була. Зараз я впевнена, що мовчала через те, що довго не розуміла російської мови, а свою рідну, можливо, від стресу і втрати рідних, моя пам'ять заблокувала.

У трирічному віці мене знайшли рибалки на березі моря після шторму. А як я там опинилася одна синя холодна і напівжива ніхто не знав. Ніхто мене ніколи не шукав. Поступово мова до мене повернулася і не лише вдень. Дівчата з якими ми разом жили в кімнаті часто ображалися на мене за те, що я не даю їм уночі спати своїми розмовами уві сні незрозумілою мовою. Вони постійно просили виховательку відселити мене від них. А я, щоб задобрити своїх подруг, показувала їм різні номери в повітрі, як літаючі гімнасти в цирку. Дівчаткам це подобалося і вони на мене більше не гнівалися.

Іноді я брала за руку найменшу з них, Катю, і ми, накрившись простирадлом, підлітали до стелі, як Карлсон. До лікарні я могла літати, але не більше 10-15 хвилин.

На відміну від усіх хлопців у дитбудинку, я також могла змінювати колір моєї шкіри залежно від емоцій та своїх почуттів, як інші люди, коли вони червоніють чи блiднуть від сорому чи страху. Не всі можуть контролювати це, а я можу. Варто мені уявити навіть узимку, що я засмагаю на морі і сонце залишає ластовиння на моєму тілі, як ці ластовиння разом із засмагою справді з'являються; або я можу уявити собі зелений ліс в якому мені потрібно сховатися і тоді моя шкіра стане сіро-зеленою.

Були дні, коли я уявляла себе в Африці, і моя шкіра темніла, як кава з молоком. Все це я тримала у секреті. У нас у дитбудинку у кожного були свої маленькі секрети, тому я не вважала це чимось особливим.

Коли мені виповнилося приблизно десять років, до нас прийшов новий лікар. Він відібрав дітей із будь-якими відхиленнями в спеціальний інтернат і я разом із трьома хлопчиками переїхала на нове місце. Там було красиво та комфортно. На території інтернату ріс великий парк та широкі доглянуті газони з надзвичайно красивими квітами. Прямо у парку повісили гойдалку, облаштували велосипедні доріжки та встановили баскетбольне поле та тенісний корт. До нас приходили вчителі з різних місць і тричі на тиждень проводили з нами тренування, а також навчали нас математиці, малюванню та російській мові. З цього все й почалося, – зробила висновок Елла.

7

Наступного ранку Костянтин прокинувся о 4:00 ранку. Він випив каву і почав обмірковувати свої плани на наступний день. Першим пунктом було зателефонувати Єгору Сопіну, своєму колишньому однокласнику, який зараз працював детективом. Про нього говорили, що він хороший детектив і в його команді задіяні навіть іноземні фахівці. І хоч послуги коштували дорого, але справи велися чітко, з дотриманням конфіденційності та, що важливо, зі швидким розкриттям справ.

Потім Костянтин згадав вчорашню розповідь Елли, де вона говорила, що літати – це її потреба і що вона літала з Катею… Він ще вчора хотів уточнити, що це означає, але з одного боку, не хотів, щоб дівчина думала, що на неї тиснуть, а з іншого, боявся її перервати, щоб не збити з думки, оскільки вона ще була слабкою і тільки-но її пам’ять відновилася. Чи була дівчина потенційним кандидатом для відділення Каца, чи була ця дитяча уява, чи ще щось Костянтин не знав.

Оскільки встав він рано і часу у нього було достатньо, заради інтересу він вирішив загуглити питання про те, чи є наукове пояснення подібному феномену. Його дуже здивувало, що про здатність людей літати зібрано море цікавих матеріалів і навіть деякі факти. Згідно з пошуковою системою, найчастіше це явище пов'язується з поняттям «левітація». Слово «*levitas*», з'ясував Костянтин, у перекладі з латини означає «легкість, легковагість», а сам термін має на увазі можливість подолання гравітації, при якому щось перебуває у повітрі, не торкаючись поверхні. Цікаво, що в епоху Відроджсння за часів полювання на відьом католицька Церква за здатність людини літати, визначала відьом, чаклунів, волхвів, фей тощо. На цю тему було випущено «авторитетний довідник» під назвою «Молот відьом».

У 1603-му році в одній бідній італійській сім'ї народилася слабка, хвороблива дитина Джузеппе Деза, який в 17 років став ченцем. Він відрізнявся від інших тим, що під час молитви впадав у транс і одного разу просто відірвався від землі, пролетів у повітрі і приземлився в вівтар монастирського собору. Ченці вирішили показати його римському папі Урбану VII. Джузеппе повис у повітрі перед папою і той вважав це Божим даром. Тому через 104 роки монах Деза був канонізований як Йосип з Копертіно.

У літературі з йоги та буддизму левітація – це одна з набутих здібностей Сідхі. Зокрема вона описана в йога-сутрах: внаслідок зосередження свідомості на легкості виникає здатність пересування в акаші, завдяки чому можна пересуватися і по воді.

Випадки левітації предметів описані також у джерелах із спіритизму кінця XIX-го – початку XX-го століть. Вважається, що левітацію використовують медіуми, шамани, а також вона відома як психокінез (влада духу над матерією) у парапсихології. Стан левітації у разі триває зазвичай трохи більше кількох хвилин. Однак медіум Деніел Данглас Х'юм, який змушував неодноразово підніматися в повітря меблі та інші предмети, сам при свідках літав у повітрі більш ніж 100 разів, а 1868-го року він вилетів за межі свого будинку через вікно і таким же чином туди повернувся. Під час своїх польотів Деніел не знаходився в стані трансу і усвідомлював те, що відбувається.

Він казав, що невідома сила піднімає його, і він відчуває «електричну повноту» у себе в ногах.

Костянтин прочитав також про левітацію у фантастиці, філософії і навіть у казках у вигляді килима–літака і дійшов висновку, що літати при бажанні скоро зможе кожен, якщо всерйоз цим займеться. «Може Еллін лікар цим і займався і хотів зробити відкриття у сучасній науці? Але, схоже, його вже зробили до нього. І як треба було знущатися з дівчини, щоб вона втекла куди очі дивляться і тепер боялася, що її знову знайдуть і вб'ють. М-да, наукою тут і не пахне», – роздумував Костянтин. Він глянув на годинник. Час вже дозволяв дзвонити другові, і він набрав номер Єгора.

8

– Скільки літ, скільки зим! Костик-тостик! – почувся у слухавці голос Сопіна.

– Здивував, Єгоре, така серйозна професія, а в душі – дитина, – засміявся однокласник.

– Так, знаю, що через дрібниці не став би дзвонити зранку, але не відразу ж напускати на себе суворий вигляд, можемо ж ми обмінятися смол токами, але якщо по справі,то краще зустрітися. Чекаю на тебе о 16:00 у дворі нашої школи.

– Ти серйозно? Може краще у кав'ярні? – здивувався Костянтин.

– Запам'ятай, серйозні справи у кав'ярні не обговорюють; там під кожним столом прослуховування та відео камери, хоч одна, але працює.

– Відразу видно, профі! До вечора! – підтвердив Костянтин, у якого наче вантаж із серця впав.

Цього дня роботи у хірурга було багато і час пролетів швидко. Коли він під'їхав до школи, Єгора ще не було і він подивився спочатку на шкільне подвір'я, де він колись із однокласниками зважував старі газети та журнали, щоб визначити переможця у зборі макулатури; потім на футбольне поле за школою, де вони з пацанами ганяли у футбол… Приємні спогади викликали добру посмішку.

– *Sorry, buddy*, кляті пробки, – почувся голос Єгора біля вуха. – Бачу, що на тебе наринули добрі спогади.

– Ти читаєш думки?

– Робота така…

– Тоді я за адресою, – сказав Костянтин і коротко розповів Єгору суть проблеми.

– Скільки ти кажеш їй років? – перепитав Єгор.

– Вона виглядає на всі 50, але каже, що їй 17. За розвитком я б взагалі дав їй років 12. З медичної точки зору це певною мірою можна пояснити (навіть рівень мислення дитини), адже вона була ізольована від зовнішнього світу.

– Як лікарю, чи не здалося тобі, що розповідь Елли – це марення божевільного, або фантазії юнацького періоду?

– Я сам сумнівався спочатку, але її зовнішній вигляд та поліція з фейковою легендою… Це як лікар. Якщо ти щодо її польотів думаєш.., тут трохи складніше, але схоже, що і це в принципі можливо.

– Гаразд, щодо її кейсу – гарантій давати не можу, але дівчинці ми допоможемо: змінимо зовнішність, видамо документи; а з мучителями може затягнутися… До речі, вона згадала ім'я лікаря, – спитав Сопін.

– Якийсь Ло.

– Це – зачіпка. Зробимо так: сьогодні ти підготуєш Еллу до нашої зустрічі, щоб вона почувала себе спокійно. Потім я візьму в неї інтерв'ю, і виходячи з цього, ми вирішимо, що робити далі? Якщо я зрозумію, що ситуація тхне, то їй не можна буде залишатися у сусідів. Ти маєш куди її перевезти?

– Ні.

– Гаразд, вирішимо і це питання.

– Єгоре, я соромлюся в тебе запитати, але все ж таки… Скільки коштують твої послуги?

– Півцарства і принцесу на додачу, – пожартував детектив.

– Ні, скажи, я маю розраховувати свої сили, – наполягав Костянтин.

– Не мороч голову! Поточні витрати типу квитків, витратні матеріали тощо – на тобі. Решту беру на себе за старою дружбою.

– Супер! Якщо тобі щось потрібне, теж звертайся. Можу допомогти з медицини.

9

Костянтин був дуже радий зустрічі з Сопіним. Він подумав, що все–таки не мав рації, коли зайвий раз цурався зустрічей з деякими людьми. Спілкування корисне для ментального здоров'я. Не дарма класик наголошував на тому, що жити в суспільстві і бути вільним від суспільства неможливо. Навіть якщо це суспільство не ідеальне, краще бути в соціумі, ніж жити на самоті. Не встиг він до кінця оспівати людську комунікацію, як задзвонив телефон:

– Алло, Буднєв слухає, хто каже.

– Алло, – промуркотів солодкий жіночий голосок, це я.

– Хто я? – перепитав Костянтин.

– А вгадати слабо? – промуркотіла знову незнайомка в трубці. Мабуть, їй приносило задоволення грати зі співрозмовником.

– Відразу скажу вам, я не екстрасенс і часу з вами базікати в мене немає. Тому, або кажіть навіщо ви дзвоните, або розмова закінчена, – відрізав немов скальпелем хірург.

– Ні, ні, не треба закінчувати зі мною розмову, я так давно хотіла поговорити, – знову солодко промовила дівчина.

Інтрига поділяла на Буднєва і він сказав:

– Даю вам ще одну спробу і якщо...

– Ну гаразд, гаразд, не будь занудою, це я Маша Ворона, міг би й одразу впізнати, ми з тобою все–таки весь 9-й клас за однією партою просиділи!

– Машко! Радий тебе чути, я нещодавно з Єгором бачився. Стривай, це, мабуть, він тобі дав мій телефон?

– Я б все одно тобі подзвонила днем раніше, днем пізніше від імені та за дорученням нашого класу. Тебе всі хотіли бачити. Ти збираєшся у лютому на зустріч випускників?

– Знаєш, Маша, я не впевнений, якщо чесно. Не тому, що я вас ігнорую, а тому,що з моєю роботою я ніколи не знаю, що буде наперед; тому й нічого нікому не обіцяю.

– А я, правду кажучи, точно не буду на зустрічі. Я до цього часу мушу повернутися до Італії, я там живу вже 15 років. Тому користуючись нагодою пропоную тобі зустрітися особисто зі мною найближчим часом; хто знає, коли наступного разу випаде шанс; може, коли зовсім постаріємо і з доглядальницями вийдемо на прогулянку.

– На це я не можу піти! – пожартував Костянтин, процитувавши популярний фільм. – Завтра о 18:00 запрошую тебе на вечерю до ресторану «Бамбу». Чи підходить?

– Це випадково не в'єтнамська кухня?

– Так, я вегетаріанець, але там і м'ясо є, м'ясо креветки якщо бути точним.

– А ще там є нудотний запах! Давай просто зустрінемося у кав'ярні та побалакаємо.

– Як каже один мій колега, бажання жінки – закон.

– *Woman's desire is a law*, –Маша повторила цю ж фразу англійською мовою. Костянтин звернув увагу на останнє слово «*law*». Так звали мучителя Елли. Спочатку Костянтин думав, що це було його ім'я або прізвище, а сам він міг бути азіатського походження, але тепер він подивився на це слово під іншим кутом.

Вголос Костянтин сказав:

– Маша, яка кав’ярня тобі до вподоби?

– «Дві чашки», воно – біля нашої школи.

– Тоді до завтра!

– *Bye-bye*!

Костянтин згадав Марію Ворону у роки, коли вони навчалися у школі. Вона ніколи нікому не подобалася. Біла, як альбінос товстушка, постійно пропускала фізкультуру, за що й заслужила прізвисько Равлик, до того ж вона була туга і не видатна мізками. До неї предмети, що вивчаються, доходили як до жирафа, вона ніколи з першого разу не розуміла пояснення вчителів і її батьки вічно бігали за репетиторами і просили їх позайматися з Машою. Заради справедливості, треба сказати, що Равлик любила географію і дуже прогресувала в її вивченні. Тому за обіцянку дружити з нею всі випрошували у неї списати контрольну з географії. А тепер через стільки років він, її колишній однокласник сам запрошував Равлика до кав’ярні, ось час, що з людьми робить!

10

Коли Костянтин зайшов до Говоруна, він почув оплески та веселий сміх Анни та Валентини. Так вони підтримували Еллу, яка показувала їм свої номери у повітрі. У Костянтина сперло подих. Одна річ читати про такі речі, і зовсім інше бачити це на власні непідготовлені очі. Жінки – молодці: вони більш схильні до загадок, секретів, містики та сприймають їх за фактом позитивно та з радістю, як у цьому випадку.

Елла побачивши мене, опустилася зі стелі на підлогу, вклонилася глядачам, а потім привіталася зі мною і запитала:

– Хочеш, я можу спробувати і тебе підняти лише на спині?

– Не варто, я дуже важкий, але все одно дякую, що запитала, – відхилив пропозицію Костянтин. – Я прийшов з добрими новинами, – звернувся він до всіх. – Я розмовляв зі своїм другом детективом, і він погодився допомогти нам. Він впевнений, що Еллу ми захистимо, але поки існує небезпека, можливо, її доведеться сховати у надійнішому місці з охороною. Завтра Єгор має прийти, щоб поговорити з Еллою та остаточно вирішити, наскільки в цьому є потреба. А зараз ви розкажіть мені, як ви живете і як ваші животи.

Костянтин підійшов до Анни та взяв її на руки. Дитина відразу зрозуміла, що треба говорити правду і сказала, що живіт не болить, тому, що всі миють руки і слухаються тата, а тато сказав, що якщо ми будемо дотримуватися розпорядку дня, то він купить нам подарунки.

– Правильно, тато завжди виконує свої обіцянки і він сьогодні вже вам купив перші сюрпризи, – кажучи це Костянтин підморгнув татові дівчинки і простягнув Анні великий поліетиленовий пакет у якому знаходилася величезна м'яка іграшка у вигляді ведмедя, а також новий одяг для Елли та продукти харчування для всіх.

Валентина непомітно помахала пальцем сусідові, мовляв, не варто було так витрачатися, але вголос сказала:

– Костю, ти поїси з нами, ми з Еллою та Анною таке рагу приготували, що пальчики оближеш!

– Хто ж від такого свята живота відмовиться? – погодився хірург.

Дивлячись з боку на дружну родину сусіда і задоволену Еллу, він зрозумів як чудово мати свою родину, отак збиратися за сімейним столом, ділитися новинами, жартувати, щось вирішувати на користь рідних, будувати плани на майбутнє, просто бути потрібним своїй родині.

«Скільки часу я прогавив, не помітив як він пролетів в гонитві за здоров'ям моїх пацієнтів. А тепер треба поспішати «вскочити в останній вагон», – подумав успішний лікар. Після вечері він побажав приємного вечора голові родини та Валентині з дівчатами і пішов годувати Тимофія.

Цього ж дня пізно ввечері передзвонив Єгор і сказав, що з Еллою треба поговорити якнайшвидше і попередив, що її фотографії розклеєні вже по всьому місту, а це говорить про те, що вся поліція піднята на ноги, тож Елла – важлива ціль.

11

Сопін не став панькатися і з'явився до Буднєва о 6:00 ранку наступного дня. Костянтин зателефонував до Говоруна і той їх тихенько провів до Елли в кімнату. Дівчина не злякалася незнайомої людини, навпаки, всі хто наближав її до розв'язки тієї страшної ситуації, в якій вона опинилася, були для неї промінцем надії на безпеку та нормальне життя. Єгор одразу перейшов до справи:

– Елло, скажи, будь ласка, з якої лікарні ти втекла?

– Я не знаю, як вона називається, але це лікарня, бо мені там постійно давали таблетки, ставили крапельниці та робили уколи. Всі люди, яких я іноді бачила були в білих халатах, – відповіла вона.

– А скільки часу ти пробула там і як ти потрапила туди?

– Після дитячого будинку доктор Ло перевів мене ще з трьома хлопчиками до інтернату. Там я потоваришувала з одним із них, Павликом, він дуже добре малював і мені подобалося за ним спостерігати. В інтернаті було багато інших дітей, але вони постійно змінювалися. Як нам пояснювали, одні виїжджали до шкіл для старших, або до нових родин, а інші новенькі приїжджали.

Тільки я та Павлик залишалися на місці. Це зміцнювало нашу дружбу і ми з ним ділилися всіма новинами та навіть секретами. Він зізнався, що коли виросте, то обов'язково стане відомим художником, а я сказала йому по секрету, що виступатиму як Девід Копперфільд. Я точно це знала, бо сам лікар мені це часто казав. Він багато працював зі мною, вигадував різні ігри та проводив гіпноз. Він казав, що у нас все виходить і що скоро у нас буде весь світ у кишені.

Якось на прогулянку Павлик прийшов пізніше, ніж звичайно. Він був наляканий від того, що випадково почув з відчинених дверей у кабінеті доктора Ло, коли проходив повз нього; – лікар торгувався з якимсь засмаглим чоловіком про ціну за кожного вихованця нашого інтернату. Лікар помітив, що двері ледь відчинені, але до того часу як він підійшов, щоб їх закрити, Павлик уже відбіг.

Я йому не повірила і навіть накричала, щоб він промив вуха. Павлик дуже образився і пішов геть, а я пішла подивитись на новеньких, яких привезли цього дня. Там була одна дівчинка, і вона сильно плакала. Щоб її якось відволікти, я показала їй кілька фокусів і ми познайомилися. Її звали Катя.

Коли ми наступного дня зустрілися з Павликом, я вибачилася, і він попросив мене допомогти йому втекти, бо боявся, що його теж продадуть. Я знову йому не повірила і навіть хотіла йти до лікаря, щоб він його вилікував, але Павлик почав плакати і просити мене просто відволікти медсестру на прогулянці, поки він обійде паркан, щоб знайти там лазівку для втечі. Два дні він ходив до паркану і нарешті знайшов в одному місці внизу прориту тваринами невелику дірку, через яку наступного дня вирішив бігти. Нам було по 13 років і ми завжди вірили всьому, що нам говорили і обіцяли старші, тому для мене був шок, коли

Павлик попрощався зі мною і взяв із мене слово нікому не говорити про його втечу. Я пообіцяла, і він пішов. Якби не Катя, я б днями лила сльози по ньому, мені його дуже не вистачало.

Минуло три дні. В інтернаті все йшло своєю чергою. Відсутності Павлика як би не помічали і в мене про нього нічого не питали, як би знали де він. Зазвичай нас усіх перераховували перед сном і вранці на лінійці, а тут хлопчик втік і його навіть не шукають. Тоді я почала придивлятися до всього, що відбувалося навколо мене уважніше. І одного разу зробила несподіване відкриття, що всі діти, які не слухалися та ставили вихователям та медсестрам багато питань, переїжджали частіше, ніж байдужі веселі хлопці..

Я попередила Катю, щоб вона не плакала, інакше нас можуть розлучити. Якось на четвертий день після того, як зник Павлик, Катя попросила показати їй наш інтернат. Ми вирішили почати з цоколя, а потім піднятися нагору. Внизу розміщувалися в основному господарські приміщення, майстерні, бібліотека та медпункт, враховуючи медикаментний запах.

Медпункт був трохи осторонь від усіх інших кімнат і двері його були відчинені. Катя, почувши аптечний запах, що йде звідти, відмовилася йти на «екскурсію» і я попросила її залишатися на місці поки я не задовольню свою цікавість і не зазирну у відчинені двері, оскільки зазвичай цей кабінет завжди замкнений. Був час обіду і, мабуть, тому там нікого не було. Я підкралася тихенько і подивилася в дверний отвір. У кабінеті було порожньо, крім каталки на якій я не відразу розгледіла худе плоске тіло мого друга Павлика. Він був без верхнього одягу та лежав нерухомо. Я відчинила двері і підбігла до нього, стала його трясти і штовхати, поки не зрозуміла, що він мертвий. Прямо на підлозі біля каталки стояла велика банка з кров'ю, від виду якої мене знудило і я вилетіла кулею з медпункту:

– Що з тобою, ти вся біла, – спитала Катя.

– Запах ліків на мене так подіяв. Швидко йдемо і нікому не кажи, що ми тут були.

– Чому? – запитала з подивом подружка.

– Я ненароком розбила якусь колбу і боюся, що мене і тебе через неї покарають.

Після цього ми повернулися на перший поверх. Раптом зі свого кабінету нам назустріч вийшов доктор Ло. Побачивши нас, що гуляли інтернатом, він добродушно запитав:

– А, ну дівчатка, а ну красуні, скажіть мені, що ви тут робите?

Катя опустила голову, а я сказала:

– Лікарю, я до вас. Я хотіла вам ще два дні тому сказати, що мій друг Павлик кудись зник. Він завжди до мене на прогулянці підходив і ми багато з ним розмовляли та малювали разом, а зараз я не бачу його навіть у їдальні та на уроках. А Катю я взяла з собою, щоб показати їй, де ваш кабінет.

– Так, розумію, але дуже здивований, що Павлик з тобою не попрощався перед тим, як поїхати в художню школу за кордон, до Угорщини. Ми вже давно відіслали його малюнки туди і зараз нам надійшла відповідь із запрошенням для Паші. Він обіцяв зателефонувати і я його обов'язково посварю, що він так з тобою вчинив. Ти сама не здогадуєшся чому?

– Здогадуюсь, це я винна, я посварилася з ним напередодні і сильно його образила, потім вибачилася, але він все одно був скривджений і образився на мене.

– Ось воно що. А що ж ви не поділили?

– Павлик поділився зі мною своєю мрією стати відомим художником, а я почала сміятися прямо йому в очі і говорити, що він малює як курка лапою, – говорила я вже не в силах стримувати сльози.

Тоді лікар почав заспокоювати мене і сказав, щоб я не засмучувалась, а довірилася часу і він все розставить на свої місця, а ми, коли виростимо, обов'язково зустрінемося з Павликом і помиримося. А зараз нам треба йти на подвір'я на прибирання території.

Тепер уже і я була налякана і в той же час сповнена рішучості бігти, але шукала інші шляхи для втечі, більш надійні. Якось через сім місяців, наприкінці березня наша вихователька сказала, що Катю переводять до іншої школи. Я бачила, що за дітьми завжди приїжджав мікроавтобус та перевозили одразу кілька людей. Я почала думати як мені пробратися в салон і поїхати разом з Катею. Помітивши, як усе працює, я зрозуміла, що можу виїхати з інтернату лише на даху цього мікроавтобуса.

Настав час відправлення. Вихователі проводили інструктаж у дорогу зі своїми вихованцями і я, скориставшись нагодою, без проблем обійшла мікроавтобус ззаду, відштовхнулася від землі та застрибнула на дах. Незабаром ми виїхали за залізні ворота інтернату і опинилися в густому темному лісі, поділеному на дві частини вибоїстою, нерівною дорогою. Бус постійно підкидало і нахиляло в різні боки і на одному з поворотів мене скинуло з даху, я скрикнула, водій зупинився, помітив мене і розлютився. Потім він і супроводжуючий дітей вихователь зателефонували до інтернату і звідти за мною надіслали гелікоптер. На ньому прилетів лікар Ло.

Всю дорогу він мовчав, а після прибуття в інтернат запросив мене до свого кабінету і запитав, чому я так вчинила.

– Я дуже не хотіла розлучатися зі своєю подругою Катею, а вона переїжджала до іншої школи. Ось я вирішила переїхати разом з нею. Я б потім вам зателефонувала, – брехала я як по нотах.

– Гаразд, припустимо, але ти розумієш, що якщо кожен учень сам вирішуватиме куди йому переїжджати і переходити, то почнеться хаос, не буде дісципліни.

– Я більше не буду, – каялася я

– Звичайно ж не будеш, бо я тебе покараю і надовго. Ти також не будеш відвідувати уроки разом з усіма, а також гуляти у дворі і ходити до їдальні разом з іншими дітьми. Ти не зможеш більше дружити з рештою. А інакше ніяк!

Мене замкнули в окремій великій кімнаті. Там був душ, туалет, ліжко, шафа для одягу, стіл та книжкові полиці. Тепер їжу та воду мені приносили, а також книги за шкільною програмою, зошити, олівці та альбоми для малювання.

Мені не вистачало спілкування з людьми, а ті працівники інтернату, які мені приносили продукти та речі, не обмовилися жодним словом.

За весь час моєї ізоляції лікар не приходив до мене жодного разу. Якось приблизно через десять місяців я зажадала, щоб до мене покликали доктора Ло. Він прийшов, я плакала і просила випустити мене на волю, але він найближчим часом не збирався цього робити.

– Тоді скажіть, хоч би, коли мені чекати вашого дозволу вийти звідси, – питала я його крізь ридання.

– Не знаю, час покаже, – спокійно відповів він.

Тоді мною опанувала справжня злість і здавалося, що мені вже начхати на те, що зі мною буде далі. Я вирішила помститися безжалісному спокою лікаря. Спочатку я витерла сльози, а потім дивлячись йому в обличчя заявила:

– Ви можете тримати мене тут скільки хочете, тільки вам це даремно не пройде. Я знаю, що ви продаєте учнів і вбили Павлика, я його бачила мертвого у медпункті.

І про все це написала у своєму щоденнику, який викинула дорогою з інтернату, коли їхала на даху мікроавтобуса. Рано чи пізно мій щоденник знайдуть і тоді покарають вас, не сумнівайтеся.

– Підступне і невдячне дівчисько, я швидко зроблю з тебе «людину», – сказав він і це були останні слова, які я чула в тій кімнаті. Лікар зробив мені укол, і я опам'яталася вже в лікарні, в жахливих умовах, у сирій заплісНілій палаті, оббитій зеленою повстю, з напівпрогнилою, покритою поїденою чорним грибком плямою, прямо під моєму, прибитому до підлоги ліжку. Згодом, ця пляма зіграла для мене рятівну роль: я розколупала в ній дірочку і почала ховати туди таблетки, які мені вдавалося не ковтати. Спочатку я навчилася їх ховати у роті, а потім ховати у повсть. У лікарні, навпаки, до мене приходив лише один лікар Ло і іноді санітар, щоб вивести мене вночі подихати повітрям,але це було дуже рідко, бо мене мало годували, давали якісь ліки, від яких у мене паморочилося в голові, боліло все тіло і не було сил стояти на ногах. Я весь час лежала чи спала. Моя свідомість була затуманеною і я не розуміла, сон це чи реальність. Якось мені примарився Павлик, тільки він був уже дорослий. Він нахилився до мене і просто у вухо прошепотів:

– Елла не пий таблетки, ти маєш бігти звідси, у тебе вийде. Борися, не здавайся! Я пообіцяла Павлику боротися.

Наступного разу, коли доктор Ло приніс мені таблетки і дав запити їх водою, я як завжди вдала, ніби я все випила і заплющила очі, щоб продовжити спати. Насправді, я дочекалася, поки він вийшов з палати, виплюнула пігулки в руку і сховала під подушку. Я звернула увагу, що без пігулок почуваюся набагато краще і можу здорово мислити. Я стала обстежувати свою кімнату та вхідні двері, намагаючись знайти якісь лазівки, щоб згодом вибратися звідси. Так я виявила пляму, яка стала схованкою для виплюнутих пігулок.

Я була дуже задоволена, що мені вдалося обхитрити Ло і тепер я могла тверезо думати і виношувати плани втечі з цього страшного місця. Погано було те, що в моїй палаті не було навіть маленького віконця, з якого я могла б переглядати місцевість, у якій я знаходилася. Тоді вночі, коли мене виводили подихати свіжим повітрям, було недостатньо, щоб у всьому розібратися, до того ж уночі було дуже темно. Здоров'я моє залишало бажати кращого і я відчувала себе ще слабкою і млявою і не могла гарантувати, що мені вдасться піднятися на прогулянці високо в повітря і перелетіти в безпечне місце, тим більше, що я не мала поняття куди саме треба летіти. Цілком імовірно, що я відлетіла б і приземлилася б з іншого боку лікарні. За мною погналися б охоронці, і з огляду на мою слабкість, наздогнали б мене швидко або застрелили б мене на місці, і ніхто б мене не шукав. Цей план поки що мені не підходив, але щось мені підказувало, що чекати теж не можна. Тоді я вирішила спробувати використати свою здатність змінювати колір шкіри, щоб прикинутися мертвою. Знаючи, що лікар приходить завжди одночасно, я уявила собі, що я в холодному морі, а воно чорного кольору і мені так холодно, що я посиніла від холоду. Я вже почала мерзнути по-справжньому і в цей час зайшов доктор Ло і побачив мене синю. Він узяв мою руку, щоб поміряти пульс, але я була холодна як жаба, і він відразу відкинув мою руку з презирством убік.

Він покликав санітара, який одразу примчав і наказав йому сьогодні ж уночі вивезти мене в ліс і закопати. Потім доктор Ло додав:

– Замучили пташку, а могла б ще послужити інтересам науки. Будь обережним на дорозі, перевір машину, щоб не підвела в самий невідповідний момент, свідки нам не потрібні… – наставляв лікар.

– Не вперше, все зроблю не турбуйтеся, – відповів санітар і вони вийшли з палати.

Пізно вночі цей санітар засунув мене в чорний поліетиленовий пакет і відніс у багажник машини. Ми їхали, як мені здалося, довго. За цей час я продірявила нігтями, а потім розірвала пакет і обмацала темний багажник. Там лежала лопата і я уявила, що саме цією лопатою мене зариватимуть у холодну осінню землю. Тоді мною опанувала така жага життя і рішучість, що я поклялася собі будьщо-будь вижити і розповісти цю історію всьому світу, заради Павлика, Каті та всіх дітей.

Я вчепилася в лопату, а коли машина зупинилася і санітар відчинив багажник, я щосили двинула його ручкою лопати прямо в око. Він закричав від болю і сів, закриваючи обличчя руками. Я швидко вилізла з багажника і побігла дорогою куди очі дивляться. Мені пощастило, що яскраво світив місяць і я обходила ямки, не збиваючись з дороги. Я йшла до самого світанку, а коли стало видно, то я повернула на перший путівець, а далі ви знаєте.

Єгор першим порушив мовчання:

– Елло, у мене ще багато питань, але зараз найголовніше перевезти тебе в надійне місце і забезпечити твою охорону. Тому будь готова за десять хвилин.

12

Стрілки годинника поділили механізм на дві рівні частини ліву та праву: коротка стрілка вказувала на 6, а довга на цифру 12. Було вже 18:00, а Костянтин ще навіть не сів у машину, щоб їхати на зустріч із Равликом. «Скажу Маші, нехай вибачить, затримали на роботі, якщо вона не піде раніше з кав’ярні, а якщо піде, тим краще, не виправдовуватимуся, було б перед ким», – думав Костянтин жартома.

Він спокійно припаркував машину на стоянці біля кав'ярні «Дві чашки» і неквапом зайшов усередину. Відвідувачів було мало. Він побіжно пройшовся поглядом по кожному з них і дійшов висновку, що Ворона вже пішла, а може вона взагалі не приходила. Адже він її зовсім не знає. Але зате він знає себе і йому точно не сподобалося б, якби якась людина, яка сама його запросила, дозволила б собі запізнитися більше, ніж на 15 хвилин.

«Пробач, Машко, я не правий», – подумав лікар, що забігався, і замовив собі американську каву з бріошем. Поки він чекав на офіціанта, погляд його сканував дизайн кав'ярні. Йому завжди подобалося дивитися програми, де зі старих, покинутих будинків народжуються нові, а внутрішній інтер'єр стає вільним від зайвих стін та антикваріату у будь-якому його вигляді. Його переваги тяжіли до скла та внутрішнього простору. Дизайн кав'ярні «Дві чашки» цілком відповідав цьому.

Принесли замовлення і Костянтин перевів свої думки з неба на землю. Праворуч від нього гарна жінка про щось розмовляла з офіціантом. Крихка брюнетка, з довгим кудрявим волоссям і рівною спиною привернула його увагу своєю граціозністю; вона трималася як балерина перед виходом на сцену – хвилююче та урочисто. Це відрізняло незнайомку від місцевих дівчат. Саме так хірург-холостяк уявляв собі кохання з першого погляду: прийшов, побачив, полюбив!

Якоїсь миті, незнайомка відчула на собі погляд і подивилася в його бік. Вона посміхнулася і помахала йому рукою. Костянтин озирнувся назад, щоб побачити кому вона посміхалася і махала. Поки він пройшовсь поглядом по кав'ярні, щоб зрозуміти хто б міг бути адресатом її жесту, феміна взяла свою чашку і без слів пересіла до нього за столик.

– Буднєв, *hello*! Менше працювати треба, бо скоро і себе в дзеркалі перестанеш впізнавати! Невже я змінилася до невпізнання? – запитала дама, напевно, знаючи точну відповідь.

– Машко, невже це ти?! Ну прямо інша людина! – висловив здивування друг дитинства.

– Я вже хотіла йти, думала, що в тебе на роботі термінова операція, але я рада, що ми таки зустрілися, Костю. Як ти взагалі окрім роботи живеш? Як батьки? Особисте життя?

– У мене все по-старому: батьки там же і живуть, я після інституту нікуди не поїхав, працюю в тій же лікарні, збудував собі дачу там і живу з котом, ось і всі новини. А як ти? Розкажи як твоє життя склалося.

– Я б багато могла тобі розповісти про себе, новин багато, але не хочеться час на це витрачати, та ще раз, розповідаючи це, знову переживати важкі моменти, – ухильно відповіла Маша.

– А може мені збоку ці моменти здадуться легкими, давай колись, а то не буду з тобою дружити, – пожартував Буднєв.

– Розуму в тебе як у школі, як класно! Ну гаразд, може ти й маєш рацію, з боку видніше! – погодилася Ворона.

– Після інституту я поїхала до мами до Італії. Залишилася там підзаробити грошей і зустріла одного італійця. Він довго за мною ходив, домагався,влаштовував свята майже кожного дня і я таки вийшла за нього заміж. Поки не було дітей, все йшло непогано. Але коли народилася донька, я поступово перетворилася на хатню робітницю і няньку,і навіть садівника. Мого чоловіка це більше, ніж влаштовувало. Для економії грошей він звільнив нашу прибиральницю та садівника. Мені спочатку подобалося бути в курсі всіх справ, самій наводити порядки на віллі, але коли дитина підросла, я вирішила, що вистачить сидіти вдома, потрібно влаштовуватися на роботу і набувати фінансової незалежності. Однак чоловік думав інакше. Він хотів, щоб я сиділа вдома і займалася родиною та побутом, а заразом як доглядальниця допомагала його хворій матері. Згодом він почав просто вимагати від мене виконання моїх обов'язків, які він сам мені поставив. Ми почали часто сваритись. Дійшло до того, що він подав на розлучення та відсудив у мене доньку по праву матеріально більш забезпеченого. Суд дозволив мені бачитися з дочкою, тому я зараз дуже прив'язана до чужої країни і чекаю на ці зустрічі, щоб моя дівчинка мене не забула.

– Це і є твій важкий бік життя? – запитав Костянтин.

– А тобі здається, що це легко – жити на прив'язі і не мати права бачити свою дитину, коли захочеш, як усі матері, розповідати їй казки перед сном, ходити до цирку…

– Чому ти її не забереш сюди? Скільки їй років? І як її звуть?

– Вероніці шість років. Як по-твоєму, я її заберу?

– Вийди заміж за нормального, зроби дитині закордонний паспорт (у тебе є її фото), а потім полети з твоїм законним чоловіком до Італії і привези її сюди. Нехай тоді твій італієць побігає. Тут йому не прокотить відібрати у матері дитину, тому що у нього є гроші. Нехай платить аліменти на дочку, якщо багатий. І було б добре, щоб він тобі за садівника та прибиральницю теж компенсацію дав. А моральні збитки ми йому пред'явимо трохи пізніше, – загорівся Костянтин.

– Красива казка, але який дурень зараз захоче на мені одружитися? Це вже не модно, а якщо ще й брати участь у авантюрі, то навіть за великі гроші такого нареченого не знайти.

– Чому одразу авантюра, гроші? Супутника життя треба обирати за коханням.

– Буднєв, не смішно! Хто в наш час «інтелекту» здатний закохатися з першого погляду, та ще й терміново одружитися, – посміхнулася Маша.

– Тут не питання в тому, хто б з тобою одружився, а в тому, чи змогла б ти прийняти таку пропозицію!

– Точно, у мене їх якраз стільки, що моя найбільша проблема, – це вибрати, чию пропозицію прийняти. – сказала з сарказмом його однокласниця. – звичайно ж, заради щастя дочки я пішла б на все.

–... і заради свого щастя та любові, – підказав Костянтин.

– Навіть якби у мене була чарівна лампа, то навіть джин не зміг би зараз в мене закохати когось, – усміхнулася жінка з відтінком смутку в очах.

– Джин не зміг би, а хірург може! – сказав хірург Буднєв, і його співрозмовниця щиро засміялася, як у дитинстві, весело і безтурботно. Костянтин продовжив:

– Ти вийдеш за мене заміж?

Обличчя Марії Ворони одразу стало серйозним. В її очах можна було прочитати подив і спробу зрозуміти реальні наміри співрозмовника, чи щиро він все це говорив. Її переповнили почуття, насамперед, почуття надії повернути собі доньку та почуття вдячності, що хтось міг щиро увійти в її становище та запропонувати допомогу у ситуації, яка ще півгодини тому здавалась нерозв'язною. Вона змогла стримати сльози, але з блискучими очима спитала:

– А що я маю вибір?

– Ні! До речі, щодо квітів, залицянь, походів у кіно тощо, у нас ще буде можливість надолужити.

– Згодна! – вже без сумніву відповіла вона.

– Супер, тоді післязавтра чекаю на тебе у міському РАЦСі о 10:00 годині ранку з дружкою та паспортом.

13

Ближче до Нового року пацієнтів у лікарні побільшало. Мабуть, вони вирішили позбутися всіх своїх хвороб разом і залишити їх у старому році. Медсестри та лікарі теж носилися коридорами зі своїми та чужими пацієнтами, заводячи їх по черзі до різних фахівців.

Проходячи повз кабінет окуліста, Костянтин зіткнувся з анестезіологом; вона привела на перевірку зору свою маму.

– Доброго дня дорога колега, радий вас бачити.

– Здрастуйте, Костянтине Івановичу, взаємно! Я закінчую роботу у відділенні, лишилося два дні, і потім я переходжу на нову роботу до діагностичного центру.

– Шкода, з вами було приємно працювати.

– Тоді ще побачимось, світ тісний!

Залишалося ще дві години до кінця роботи. Костянтин вийшов зі свого кабінету і пішов у лікарняну аптеку,щоб дізнатися які антибіотики там є. Він помітив, як з кабінету окуліста вийшов хлопець у білому халаті з заклеєним пов'язкою оком. Костянтин почекав, поки одноокий поверне за ріг і зайшов сам до окуліста.

– Колега, вибачте я терпів цілий день, а зараз терпець урвався: голова так болить, що просто розривається на частини. Ви не могли б мені виміряти тиск в очах, а то ще прорве око як у хлопця в білому халаті, що від вас щойно вийшов, – схитрував хірург.

– Для вас будь-яка примха, Костянтине Івановичу, влаштовуйтесь на кушетку і дивіться вгору... Той хлопець, до речі, – особливий випадок. Це – санітар із психіатрії, у них часто щось трапляється. Дивом залишився з оком.

А ваш тиск у нормі, можливо, вегетативно–судинна дистонія вам джазу дає? Ідіть до невропатолога, а ні, так просто спазмальгончик випийте, але в перспективі необхідно обстежитись.

– Дякую, прямо зараз піду в аптеку.

Як і збирався, Костянтин пішов в аптеку і переписав назви основних антибіотиків, які були в наявності, щоби виписувати їх хворим. Що ж до санітара з травмою ока, то теоретично це міг бути той самий працівник лікарні, якого травмувала Елла,судячи з її опису його зовнішності.Буднєв нібито відчув це якимось шостим почуттям, інтуіцією, як кажуть. З іншого боку, постраждалий, який був сьогодні в окуліста, працював у відділенні Каца, а він навряд чи схожий на мучителя про якого розповіла Елла. Тому, Костянтин вирішив все перевірити перш ніж робити будь-які висновки або турбувати друга-детектива.

Під приводом дружньої бесіди з колегою Костянтин попрямував до завідувача відділення психіатрії. Підійшовши до його кабінету, він почув знайомий голос медсестри. Жінка була чимось незадоволена; він прислухався:

– Борисе Миколайовичу, ви знову мене просите вийти завтра вранці після мого чергування сьогодні в ніч. У мене ж родина. Мені, зрештою, треба відпочити. Та й узагалі це проти закону.

– Якщо ви хочете й далі у нас працювати, голубонько, зарубайте собі на носі, що закон тут я. Ви, мабуть, забули, як мене називають?

– Доктор Закон!

– Ось саме так, ... Закон! До речі, закони праці я теж знаю непогано. Тому, голубонько, будьте так ласкаві відпрацювати ще цю зміну,ви не виключення з правил.., ви ж знаєте, як нам усім у відділенні доводиться багато працювати, особливо зараз, перед Новим роком. Тим паче,що вам за переробітку заплатять подвійну цифру, а також незабаром премія. Думаю, що ваша родина лише зрадіє додатковим прибуткам перед святами. Ще питання?

Костянтин не став чекати відповіді жінки. Він тихенько повернувся до свого кабінету. «Хм…, невже? З іншого боку, «ло» і «закон» – все ж різні речі, принаймні, у межах однієї мови, а чи мало що може збігтися у різних мовах, до того ж я ніколи раніше не чув, щоб хтось так звертався до Каца. Ще з іншого боку, як тоді збіг з санітаром з пораненим оком», – думав Костянтин. Він прийняв ще одного хворого у себе у відділенні та поїхав додому. Дорогою він зупинив машину і зателефонував Єгору.

14

Єгор прийняв дзвінок і у Костянтина відлягло від серця. Він збирався розповісти другові все, що трапилося за день, але той почав першим:

– Костю, на ловця і звір біжить… Я тільки сам збирався тобі подзвонити та привітати. Я знаю про вас із Равликом і дуже радий цьому. Вона стала класна, приваблива жінка і, гадаю, друг не поганий.

– Ну, по-перше, оскільки вона – без п’яти хвилин моя дружина, то не Равлик, а пані Буднєва. До речі, чекаю на тебе завтра о 10:00 ранку у РАЦСі як мого свідка. Але я тобі не тому телефоную. Я зателефонував тобі посеред дороги.

– Ти посеред дороги? – перебив його детектив.

– Само собою, що я з’їхав на узбіччя, але не про те мова. У мене є новини стосовно нашої справи, гадаю, це серйозно.

– Я теж маю новини. Ти можеш під’їхати на наше місце за 20 хвилин?

– Так, буду там за 15.

– До зустрічі.

Обидва приїхали приблизно одночасно. По вигляду Сопіна було зрозуміло, що і в нього новини вагомі, але він запропонував Костянтину спочатку розповісти його інформацію:

– Костю, ти казав, що в тебе є новини, прошу пана!

Костянтин розповів йому всі деталі про зустрічі у лікарні та продовжив:

– Я, звичайно, не можу підозрювати колегу психіатра з яким давно знайомий тільки за одне співзвучне і те з англійською мовою слово, але я точно впевнений в одному – шукати треба і в моїй лікарні теж, оскільки Елла потрапила під мою машину, коли я вранці їхав на роботу. А тут поблизу лише туб. диспансер та моя обласна.

– Молодець, Буднєв, у логіці тобі не відмовиш і без роботи ти ніколи не залишишся, відтепер у тебе є надійний тил у вигляді приватного розшукувального бюро «Уперті факти». Я теж тобі збирався сказати про твою лікарню і ще те, що я показував Еллі фотографії всіх зниклих дітей за останні десять років. Вона впізнала у багатьох з них тих дітей, з якими навчалася в інтернаті, включаючи Павлика та Катю, яких насправді звали Іван Жданов та Зоя Крошина.

Потім вона описала всіх працівників інтернату та самого лікаря Ло. Я надішлю тобі запис нашої розмови, щоб ти придивився у себе на роботі. Також я попросив охорону записати на диктофон, що Елла говорить уві сні, якщо це матиме місце.

Підводячи короткий підсумок, прошу тебе будь обережний скрізь і в усьому, поводься як завжди, але постарайся помічати кожну дрібницю, яка відбувається в лікарні. Дзвони мені будь-коли. Сам нікуди не лізь і нікого ні про що не питай.

На цьому друзі розійшлися. Під'їхавши до свого будинку, Костянтин залишив машину і одразу пішов до сусідів. Віталій, Валентина та Анна зустріли його як члена своєї родини:

– Костю, ми на тебе чекали. Ми ж хвилюємось за Еллочку і сподіваємося, ти нам приніс хороші новини, – звернулася до сусіда Валентина.

– Тоді слухайте! – підхопив позитивну ноту Костянтин. – По-перше, Елла у безпеці, вона дуже допомагає слідству і передає вам привіт, особливо Анютці. По-друге, запрошую вас усіх завтра о 10:00 годині ранку на урочисту церемонію з приводу мого одруження.

– Дядьку Костю, а торт буде? – запитала дівчинка.

– Тобі точно буде.

– А кульки?

– А що треба?

– Так, і ще ляльку гарну треба до машини прикріпити!

– От халепа, краще буду неодруженим, – пожартував Костянтин.

– Костику, ми звичайно, прийдемо, дякую за запрошення, але з ким ти одружишся, із жінкою-невидимкою? Ми тебе ні з ким жодного разу не бачили, а тут одразу весілля! Повз мого Віталія жодна миша не проскочить, а тут ціла наречена! – сказала Валентина.

– Друзі мої, це й для мене самого стало сюрпризом. Я потрапив у сіті як золота рибка до своєї власної однокласниці. Її звуть Марія. І так усе склалося, що тепер так швидко прощаюся зі свободою холостяка. Відразу прошу вибачити нас з Машею, що пишного весілля у нас не буде поки що, але якщо Бог дасть, ми його організуємо трохи пізніше, коли у Елли справи остаточно налагодяться, а ми з дружиною назбираємо грошей, – виправдовувався Костянтин.

– Слухай, друже, якщо тобі потрібна допомога з грошима, дай знати – ми не багаті, але чимось можемо допомогти. До речі, як твої батьки відреагували на твоє рішення? – запитав Говорун.

– Дякую за пропозицію, але навряд чи, крім усього іншого, у нас і часу вже нема все підготувати, навіть якби ми хотіли. Щодо батьків, – Костянтин усміхнувся, – я ще не встиг їм сказати. Побажайте удачі!

15

День одруження – велика подія в житті людини і тому всім молодятам зазвичай дають вихідний день, але Костянтин принципово не хотів нікого на роботі посвячувати у свої особисті справи, тому вихідним не скористався, натомість він попросив колегу ортопеда підмінити його на півдня, пославшись на сімейні причини. До того ж, не дивлячись на застереження Єгора, Костянтин збирався пробратися до *VIP*–палати в психіатричному відділенні, щоб пошукати ті самі таблетки, які ховала бідна Елла.

Відразу після розпису він відвіз Машу, батьків та сусідів до себе до «Квітучих садів», а сам не сказавши нікому про свої плани, поїхав до лікарні. По приїзді, в першу чергу, він подякував своєму колезі за взаємовиручку і пообіцяв прийти йому на допомогу у зручний для нього час. Потім він попрямував до кабінету анестезіолога, яка збирала свої речі.

– Який я радий, що вас застав! Я хотів подякувати вам за важливий сигнал щодо недобросовісності Каца. Сьогодні вранці один наш колега як би повторив під копірку все те, що ви говорили, – почав Костянтин.

– А що саме трапилося?

– Теща, нашого колеги останнім часом почала відчувати атаки паніки, безсоння та ще щось там. Тоді наш колега зі своєю дружиною «під грифом секретно» довірили здоров'я тещі Борису Миколайовичу, і той узяв із них за лікування десять тисяч доларів. Тільки вдумайтеся у цю цифру! Звичайно, ця бідна родичка ніде не була зареєстрована як пацієнтка,щоб уникнути дурної слави і після закінчення курсу лікування її виписали додому.

Виявилося, що лікування було не просто неефективним, а стан здоров'я пацієнтки погіршився. Тоді родина бідної жінки вирішила звернутися до іншого фахівця за альтернативною точкою зору. У результаті пацієнткі діагностували прогресуючу хворобу Альцгеймера, яка не виліковна. Коли наш колега повернувся до Каца і зажадав повернути гроші, той відмовився і відповів: «А ви доведіть!..»

– Я завжди знала, що цим все й закінчиться! Цей Кац – справжнісінький поц!

– Але знаєте, тут є одне рятівне «але». Теща нашого колеги під матрацом у палаті, де вона проходила курс лікування, залишила книгу «Старий та Пемфіра» із закладенкою у вигляді її власної фотографії. Якби ми могли підтвердити, що книга справді там, то у нашого колеги був би шанс довести, що Кац і справді лікував його тещу, а отже він міг би повернути родині гроші, щоб витратити їх на лікування бідної хворої людини замість того, щоб дозволити Кацу незаконно нажитися ще на комусь.

– Ви, напевно, маєте на увазі ту саму *VIP*–палату, про яку я вам говорила?

– Цілком вірно, – підтвердив Костянтин.

– Ну, що ж, ходімо. Мені боятися нічого, я завтра йду з відділення, наказ уже підписано.

По дорозі їм зустрілася та сама медсестра, під час зміни якої, як вона думала, хворий проковтнув зубний протез.

Вона знову була заплакана, і вони поцікавилися в чому річ і як вони можуть допомогти, але медсестра заперечливо похитала головою і процідила крізь сльози:

– Просто втомилася, набридло все. Жодні гроші не варті тих нервів, які щодня залишаєш на цій роботі, – сказала вона і поспішила вийти з відділення, що було на руку парі «на завданні».

Був саме обідній час і на шляху їм, на щастя, ніхто більше не зустрівся. Підійшовши до дверей «елітки», Костянтин штовхнув двері рукою, вони були незачинені і відкрилися легко.

– Почикайте тут; якщо хтось наближатиметься, дайте мені знати, – попросив Костянтин анестезіолога.

Він зайшов усередину і відразу впізнав це місце. Воно було таким, як описала його Елла. Костянтин заглянув під ліжко і побачив там пляму на зеленій повсті, поїдену чорним грибком. Він засунув пальці в дірку посеред плями і витяг звідти десятки напіврозталих пігулок.

Швидким рухом руки він переніс їх у кишеню свого білого халата і вискочив із затхлого приміщення.

– Ну що, ви знайшли те, що шукали? – запитала лікар.

Костянтин відкрив навстіж двері палати з яких замість *VIP* виду та запаху на анестезіолога наринув сморід такої сили, що в неї миттєво полилася вода з носа.

– Що це? Невже за це платили гроші! Я нічого не розумію, – сказала вона.

– Не знаю, але це не та палата, про яку мені говорив колега, там немає жодної книги, уявляю як він засмутиться. У будь-якому випадку, дякую вам велике, за вашу допомогу.

– Та, що ви, будь-хто на моєму місці вам допоміг би. Що ви будете робити далі?

– Шукатиму далі ту палату і книгу.

Вони зачинили двері так, як вони були зачинені до їхнього приходу. Анестезіолог повернулася до себе до кабінету, щоби закінчити збирати речі. Костянтин, повернувшись до себе, побачив, що під його кабінетом на нього чекав Кац.

– Костянтине Івановичу, наступного разу знатиму, що до вас краще записуватись за часом, щоб не чекати біля дверей, – посміхнувся завідувач психіатричного відділення.

– Ми з колегою вирішили сьогодні зустрітися у обідню перерву і разом пообідати. Ви давно чекаєте?

– Хвилин п'ять, але час – гроші, – такий закон сучасності!

– Слухаю вас, Борисе Миколайовичу.

– Я прийшов до вас як до фахівця, тільки вам, дорогий колега, я можу довірити секрети свого тіла. Я думав, що дискомфорт, що виник у мене раптово в області грудної клітки так само швидко і пройде, але вже третій день не минає біль, а я страждаю, – поскаржився психіатр.

– Схоже на серце. Можливо, вам краще звернутися до кардіолога або, принаймні, до терапевта.

– Колего, якщо я кому і довіряю з діагнозом, так це тільки хірургам та паталогоанатомам. Для початку давайте я вам усе розповім. Я запросив до себе даму, зняти стрес, так би мовити та й так, що не міг її зупинити. Вранці, коли я прокинувся і підняв ліву руку, у мене вссредині в області грудної клітини почало прострілювати. Опущу руку – терпимо, підніму – жах!

– Гаразд, роздягайтеся до пояса, оперуватимемо, – пожартував лікар-хірург, щоб підтримати розмову. Він скористався моментом, щоб оглянути тіло Каца на наявність родимок, татуювань, шрамів тощо. Після огляду, діагноз було встановлено – лівостороння невралгія.

– У вас є «Дімексід»? Якщо ні, то можете взяти в нашій аптеці. Нехай ваша «жриця кохання» вас розтирає та масажує. Пару сеансів і ви як новий! Також більше відпочинку та менше навантажень, – порекомендував Буднєв.

– Дякую, що оглянув, я твій боржник, – відкланявся Борис Миколайович.

Вже на парковці, коли Буднєв брав свою Хонду, щоб повернутися додому до своїх, йому зателефонував Сопін.

– Вітання навмання, – сказав він. – Сьогодні до поліції з повинною звернулася пані медсестра з психіатричного відділення вашої лікарні.

– Та невже!? Думаю, це та медсестра, яку, я кілька годин тому бачив знову заплакану в неї ж у відділенні, – відповів Костянтин.

– А що ти робив у неї на поверсі?

– Ем-м-м… Скажу, якщо не бешкетуватимеш!

– Ну, хіба що трошки, у тебе ж сьогодні свято. Валяй!

– Я знайшов ту палату, про яку говорила Елла. Не уявляю, як у таких умовах можна було вижити! Я знайшов таблетки, якими її напихали. Можеш під'їхати та забрати їх у мене. Заодно отримаєш бонус – святкова вечеря! – запропонував Костя.

– Ням! Їду!

Костянтин сів у машину та завів мотор. В цей час повз нього проїхав Джип Каца, але за кермом сидів санітар з його відділення, той що з травмою ока. Борис Миколайович був поряд на пасажирському сидінні. «Та вже, видно прикрутило лиходія не на жарт, сидить як мішок із лайном» – подумав Костянтин. Він натиснув на газ і перевів свої думки на приємне, а саме на Марію Буднєву.

16

Наступного дня Костянтин Іванович Буднєв з обручкою на безіменному пальці правої руки і в піднесеному настрої, за порадою дружини заїхав перед роботою до кондитерської, щоб накрити в обідню перерву солодкий стіл колегам по роботі з нагоди його одруження. Увійшовши до лікарні, він побачив дивну картину. Багато лікарів і медсестер перебували у коридорі, щось обговорюючи. Він привітався з усіма і з важкими пакетами в руках пішов до себе в кабінет. За кілька хвилин до нього заглянув колега і запитав:

– Ви вже знаєте?

– Ні. Що трапилося?

– Вчора після роботи Борису Миколайовичу стало погано і Василь повіз його додому. Тут звідки не візьмись, на зустрічну смугу вилетів КрАЗ. Джип проти вантажівки на повній швидкості шансів не мав... Довго вони не мучилися. – розповів новину окуліст.

– А водій КрАЗу?

– Утік.

– *Nostra vita brevis est*, – вжив латинь хірург.

– Так, наше життя – коротке і його треба прожити так, щоб не палила ганьба за безцільно прожиті дні, як казав один герой у книзі зі шкільної програми, – сказав окуліст і побажав Костянтину доброго дня.

Костянтина Івановича викликали на консультацію до іншого відділення і він зміг трохи відволіктися від неприємних подій. До вечора йому зателефонував Єгор і сказав, що аналіз таблеток готовий, вони неліцензійні, виготовлялися в якихось підпільних лабораторіях, і є дуже токсичними. Про Каца він уже знав. Він припустив, що доктор Ло був лише верхівкою айсберга, а після втечі Елли в лавах злочинців почалася паніка, вона посилилася, з явкою з повинною медсестри. Ймовірно, боси Ло вирішили обрубати кінці. Інші співробітники інтернату та психлікарні, до речі, дають свідчення та стверджують, що нічого не знали, і їх використали у темну, а там слідство покаже.

Останні новини від Єгора стосувалися Елли: вдалося розшифрувати те, що вона говорить уві сні.

Це – колискова, причому грецькою мовою, яку, мабуть, їй співала мати в дитинстві.

17

На дворі був серпень, прекрасна пора дозрівання фруктів та овочів. Костянтин дивився у вікно та милувався яблуками у своєму саду. Потім він усміхнувся і покликав дружину.

– Маша, Маруся, Мері, підійди сюди, будь ласка.

– Вже тут.

Костянтин обійняв її за плечі і сказав:

– Люба, подивися який у нас прекрасний сад цього року, навіть солодкі персики виросли… Не дарма, літо – це мій найулюбленіший сезон у році. Тепло, трава зеленіє, сонечко блищить, море плескає, пташки щебечуть…

– Ти казав завжди, що твій улюблений сезон – це осінь, туман, дощі та пісні вітрів.

– Так, я не кривив душею. Я любив осінь, коли був неодруженим, нікому не потрібним, обділений теплом домівки. Зараз я щасливий і в серці кохання. Воно гріє душу і розквітає щедрими садами, які дають плоди... коли? Правильно, влітку! Значить я люблю саме ту саму пору року, тобто літо! Щоб ти розуміла, моя погода – це стан душі!

До кімнати забігли два хлопчики–близнюки п'яти років. Вони стали біля батьків і сказали в унісон:

– Вероніка просила передати, щоб ви поспішали, а то ми запізнимося на літак до Афін до Елли.

– Справді, Вітя та Кирил мають рацію, нам треба поспішати. Ми не можемо пропустити перший виступ Елли у цирку. До того ж, Вероніка давно мріяла побачити Афінський Акрополь, – нагадала Маша Костянтину.

– Сказано зроблено! – погодився глава сімейства і за півгодини вони вже були в таксі на шляху до Бінського аеропорту.

Приватне життя

1

Алекс Мілкен у восьмий раз вийшов від свого психолога збентежений і розчарований. Нічого з того, що радив профі, йому не підходило і не допомагало. Не на такий результат розраховувала молода, завантажена по горло роботою на будівництві людина, яка втратила надію самостійно знайти собі супутницю життя. Всі дівчата з якими він був знайомий, підтримували з Алексом стосунки до того моменту, поки він не починав з ними поводитися як справжній кавалер з квітами, музеями, виставками, театрами, закоханими поглядами і спільними планами на майбутнє. Його нерозлучні друзі, Віктор Шарм і Роберт Рев, які не дуже зациклювалися на питаннях моралі та реверансів, вважали, що Алекс даремно витрачав свій час і гроші на візити до психолога, – йому просто потрібно було вибирати собі інших дівчат, а не копатися в собі самому або взагалі пустити все на самоплив, а доля потім все влаштує.

У свій час Віктор так перейнявся проблемами друга, що закинув свою основну роботу консультанта-айтішника у шановній фірмі і цілими днями сканував інтернет простір, щоб знайти для Алекса гарний тур до красивих країн, подалі від його сердешних проблем, словом в інше життя. Роберт теж, як вільний художник, переконував друга в необхідності змінити обстановку і навіть був готовий скласти йому компанію.

Алекс подумав, про те, що його друзі мали рацію і потрібно йому самому вибудовувати тактики та стратегії свого особистого життя. Він поспішив до бару «Три гори», де зазвичай після роботи вони втрьох зустрічалися за кухлем пива.

– Кого ми бачимо, мураха будівельника! – радісно вигукнули друзі в унісон.

– Мені теж бракувало вас, розбишак! – відповів Алекс.

Він зізнався Віктору і Роберту, що він трохи втомився і з задоволенням рвонув би кудись відпочити, але тільки разом з ними, щоб надолужити час, що втрачено в спілкуванні. Куди саме поїхати вирішили шукати всі троє, а потім вибрати найкращий варіант або у разі рівнозначних турів, кинути жереб.

Через тиждень Роберт запропонував путівку зі знижкою до Скандинавських країн чи Балкан. Алекс запропонував поїздку до Домініканської Республіки, а Віктор наткнувся в інтернеті на якийсь «промо» в не зовсім ще торований туристичний напрямок країнами Центральної Америки. Його вибір упав на найменшу з них,

Амазію, після того, як він прочитав, що це країна–заповідник, вона омивається Карибським морем і Тихим океаном, що все більше приваблює любителів дайвінгу з усього світу. До складу Амазії входять безліч островів, які можна відвідати на додачу до материкової частини країни.

– Чисті та спокійні води – головний аргумент на користь моєї пропозиції, – сказав Віктор.

– Логічно. Скандинавські країни взимку – це взагалі не варіант, – висловив свою думку Алекс.

– Мені однаково: мені сонця не треба, мені дружба нагорода, мені грошей не треба, пригоди давай! – пожартував Роберт.

Тоді пропоную, кинути жереб: короткий сірник – їдьмо до Домініканської Республіки, а довгий – до Амазії. Нехай жеребкування визначить наш шлях! – урочисто промовив Алекс.

2

Аеропорт Лури, столиці Амазії гостинно зустрів друзів гарним сервісом та теплими посмішками. Швидке таксі доставило туристів до входу у фойє багатоповерхового скляного готелю «Колумбус», де зібралося вже чимало людей, чекаючи носіїв багажу, щоб проїхати за ними у свої апартаменти.

Алекс, Віктор і Роберт приїхали на відпочинок тільки з ручною поклажею, тому після реєстрації на ресепшені, вони швидко, без важких валіз, відправилися в свій номер, декілька хвилин відпочили і негайно вийшли в галасливе місто подивитися на вуличні концерти з танцями, іграми і театральними виступами.Вони проходять щороку перед Різдвом, оскільки з грудня по березень тут стоїть тепла погода без опадів – сприятливий період для туристів та гостей Лури.

Приємним відкриттям для друзів стало те, що в цій країні можна було почути не лише іспанську мову. Мова з різних «куточків» світу дзюрчала тут як струмок, створюючи затишок для кожного іноземця, який приїхав до Амазії. З усіх іспанських слів, які вони почули за день, найлегше було запам'ятати вислів «*pura vida*», оскільки це словосполучення використовували часто. У дослівному перекладі з іспанської воно означає «чисте життя», але який зміст вкладали в цю фразу місцеві жителі поки що було не зовсім зрозуміло.

Незважаючи на те, що троє друзів перенесли семигодинний переліт, недосипання та недоїдання в дорозі, втоми ніхто з них не відчував. Швидше навпаки, нове повітря незнайомої країни і час, що повільно йшов тут, діяли підбадьорливо на всіх людей, що приїхали сюди, незалежно від віку і статі. Це було на руку туристам, які бажають відвідати якнайбільше місць та екскурсій. Нестачі у пам'ятках не було. Туристів приваблювали турами в заповідники з рідкісними тваринами та рослинами, відвідуванням зоопарків, вулканів, що діють, візитами на ферму метеликів, екскурсіями до гірських водоспадів, а також пропонували подивитися численні музеї присвячені місцевому фольклору, релігії, ковбоям, золоту, доколумбового часу і т.п.

Друзі вирішили розпочати з передмістя столиці і зранку раніше вирушили на екскурсію до «Сірого міста» у супроводі місцевого гіда Енріке. Він розповів, що всі будинки цього міста фарбують у світло-сірий колір вапна, який тут видобувають, а в період дощів димчастий колір будинків зливається з похмурістю дощових хмар і тоді все навколо немов одягається в щільний сірий туман, крізь який видно ніби повислі в повітрі самі по собі вікна, що світяться електричними лампочками.

За кілька кілометрів звідси на них чекало інше містечко під назвою Тортуга, що в перекладі означає «черепаха». Оскільки це було суто рибальське селище, то запах риби перебивав тут решту запахів, у тому числі й запахи квітів, ресторанів і моря, що шуміло за два кроки від міста.

– Миле містечко… я зараз почну блювати… – сказав Роберт.

– Хм… люди тут ходять як у уповільнених зйомках у кіно. Принаймні назва відповідає ритму їхнього життя. Люблю, коли все логічно та назва відповідає змісту. – зауважив Віктор.

– Цей ритм, а точніше, стиль життя, називається *pura vida*, – пояснив Енріке. – Тобто ніхто нікуди і ніколи не поспішає. Можливо, це і є один із секретів довголіття наших громадян, як вважають вони самі.

– У принципі це відповідає і нашим прислів'ям «тихше їдеш – далі будеш», – сказав Алекс, – тільки це нікого з наших громадян не стримує, на жаль.

Підкоряючись принципу *pura vida* від запланованої ще однієї екскурсії до третього міста, хлопці цього дня відмовилися на користь відпочинку на океані.

Наступного дня, не поспішаючи, вони вирушили до національного парку на зустріч із тропічними комахами, рідкісними тваринами та строкатими папугами. Родзинкою їхньої поїздки стали гарні водоспади, що спадають з високих гір в аметистові озера, яким приписують різні властивості, аж до вічної молодості, якщо скупатися в них з головою.

3

Ближче до вечора ноги подавали сигнал, що вони втомилися, а тіло, що йому спекотно і тому троє туристів вирішили повернутися до зупинки туристичного автобуса коротким шляхом через кавові плантації. Дорогою вони помітили тоненьку стежку, що звертала направо з дороги і вела до невеличкого блакитного озерця.

Алекс, Віктор і Роберт поспішили туди і плюхнулися одразу ж у воду. Алекс вийшов на берег першим і озирнувся на всі боки. Стояла відносна тиша, поквакували жаби, поцвіркували пташки і не звертаючи ні на кого уваги, розвалилися на нагрітих за день каміннях жовто-чорні та зелені рептилії. Алекс взяв фотоапарат і почав клацати натуральні краєвиди. Сфотографував він і своїх друзів, які плескалися у воді як діти.

Потім його увагу привернув метрів за триста від нього тонкий торнадо, що раптово налетів звідкісь; може, просто вихор. Він кружляв у вовчку як фігурист на льодовому полі крутиться під звуки музики та оплески глядачів, а потім відірвався від землі і втік високо за хмари. Алекс зачарувався танцем цього вітру, проте не розгубився і сфотографував його, щоб показати потім своїм друзям.

За вечерею Алекс спитав, чи бачив Віктор з Робертом торнадо, який кружляв на березі озера, де вони купалися. Ті відповіли, що не бачили. Тоді Алекс взяв фотоапарат і став показувати все, що він наклацав, поки ті були у воді.

– Там було все: змії, жаби, комахи, птахи, Віктор із Робертом, усі, крім торнадо.

– Даруй, Алексе, це що ж ми купалися, а поряд з нами квакали величезні жаби і лежали десятки змій? Як же ми їх не бачили? – дивувалися хлопці.

– Ні, знаєте, це були лікувальні п’явки і цвіркучі пуголовки, не вірте своїм очам! – заспокоїв їх жартом друг. – Подивіться краще сюди! Ось це пояснити я не можу.

Алекс простяг друзям кадр у фотоапараті, де неподалік від них біля озера танцювала молода дівчина. Вона була дуже мила і світловолоса, одягнена в довгу легку сукню з блискітками, які зазвичай носять жінки на морських курортах.

– Її там не було! На цьому місці я бачив танцюючий вихор, а потім він полетів, – переконував більше себе, ніж своїх друзів Алекс.

Віктор і Роберт подивилися на дівчину і присвиснули.

– Алексе, як шість пар очей могли пропустити таку красуню? Може бідолаха збилася зі шляху і хотіла, щоб ми їй допомогли, а ти гадюк фотографував і до пташок прислухався – виправлятимемося!

Увечері, ближче до 11-ої години, Віктор запропонував піти на дискотеку.

Весела жива латиноамериканська музика не давала нудьгувати нікому. Вона підхоплювала гарні тіла, що засмагли, і змушувала їх рухатися в такт нотам, створюючи атмосферу радості та щастя. Алекс, Віктор та Роберт були високими стрункими шатенами, з блакитними та сірими очима, білою шкірою, гарною усмішкою та стриманими манерами поведінки, 38 років від народження. В очах місцевих красунь вони, найімовірніше, були привабливими гринго з далекої незнайомої країни, тому їх без кінця запрошували танцювати.

Алексові вдалося відкрутитися, пославшись на те, що він, нібито, чекає на подругу, а Віктор і Роберт танцювали до сьомого поту з темпераментними дівами, підбігаючи іноді до свого столика, щоб зарядитися черговим коктейлем і далі танцювати до упаду. Якоїсь миті музика зупинилася і конферансьє привітав нову виконавицю ліричної пісні про кохання.

Дівчина заспівала приємним ніжним голосом душевну мелодію і в залі перелаштувалися на повільний танець. Алекс не відривав від співачки свого погляду. Він впізнав в ній ту саму дівчину, яка потрапила до об'єктиву його фотоапарата біля озера. Вибравши зручний момент, коли вона зійде зі сцени, Алекс запропонував дівчині, що-небудь випити.

– Із задоволенням, лимонаду, будь ласка, – сказала співачка.

– Мене звати Алекс.

– Лола.

– Дуже приємно, Лоло. Ми сьогодні з вами вже бачилися на озері, тобто я вас бачив на знімку мого фотоапарата, як це не дивно, – сказав Алекс.

– Чому ви так кажете?

– Тому, що на тому місці, де стояли ви я бачив і фотографував витончений торнадо, але потім замість нього на зображенні опинилися ви.

– Ви розчаровані, мабуть.

– Ні, що ви, навпаки, я радий і я сподіваюся ви не відмовитеся ще зустрітися зі мною, я був би щасливий познайомитися з вами ближче.

Ви, до речі, не схожі на місцеву дівчину. Звідки ви?

– Загалом я – корінна амазійка. Мої предки були фундаторами цієї країни. А ви з яких місць, Алексе?

– Ми з друзями на відпочинку приїхали із Бензлі.

– Хочете замовити мені пісню, я можу заспівати для вас і ваших друзів, навіть вашою мовою?

– Було б чудово якби ви виконали «*Stand by me*», знаєте таку?

– Так.

Лола пройшла на сцену сіла за рояль і заспівала пісню для Алекса, а потім заграла швидка естрадна музика і дівчина непомітно зникла.

4

Минали дні. Друзі чудово поєднували свій відпочинок на морському узбережжі з пізнавальними екскурсіями та турами.

Часом вони відвідували гарячі джерела, купалися в термальних водах і орендували катер, щоб попірнати в морі, побачити коралові рифи, а також інших морських мешканців.

З того дня, як Алекс уперше побачив Лолу, де б він із друзями не знаходився, він скрізь сподівався побачити дівчину знову. Якось йому пощастило. У кав'ярні, куди вони зайшли випити кави, сиділа Лола. Вона розмовляла з подругою.

– Доброго дня, Лоло! Як ваші справи? Ви тоді так швидко пішли, що я навіть не встиг спитати номер вашого телефону, – звернувся до неї Алекс, як до старої знайомої.

– Вибачте, ми з вами знайомі? – здивувалася Лола. – Я не пригадую.

– Два дні тому на дискотеці ви співали пісню «*Stand by me*», пам'ятаєте?

– Лоло, ти що співаєш? – здивувалася її подруга.

Ви з кимось мене плутаєте, юначе, мені шкода, – сказала Лола, підвелася з місця і разом із подругою залишила кав'ярню.

Віктор і Роберт тільки знизали плечима, а Алекс сказав: – Я маю її знайти і ще раз поговорити, навіть якщо мені доведеться залишитися тут ще на тиждень.

– Алексе, це не входило в наші плани і тебе одного ми теж тут не залишимо, – заявив Роберт.

– До речі, – почав Віктор, хоч це й зовсім не було пов'язано з розмовою, – сьогодні прочитав в одному буклеті, що тутешні місця відомі не лише своєю природою та культурою, а й тим, що острови прилеглі до Амазії, ймовірно, приховують скарби піратів.

За місцевою легендою, один із островів, на який найчастіше прибували пірати, щоб поповнити запаси прісної води, деревини для ремонту кораблів, а також щоб поділити награбоване, досі таїть секрети не знайдених скарбів і заритих коштовностей. На цей острів є екскурсії, а бажаючі можуть навіть придбати металошукачі, лопати, лебідки та інше, щоб спробувати своє щастя. Говорять, що минулого року хтось навіть знайшов кілька старих іспанських золотих монет. Окрім шукачів скарбів, іншу популяцію населення острова становлять коти, дикі свині, щури та віргінські олені.

Друзі вирішили не відставати від життя та взяти участь в екскурсії на «острів скарбів». Вони приєдналися до групи з семи людей, озброєними важкими сумками та спреями від комарів і попливли до місць піратської слави. Алекс, як уважна людина, звернув увагу на те, що всі шукачі скарбів попарно знайомі, вони спілкувалися один з одним і тільки одна дівчина самотньо розглядала по сторонах і іноді зупиняла свій погляд на ньому і часом їх погляди зустрічалися. Алекса вона не цікавила, втім, швидше за все, як і він її.

Нарешті їх судно причалило до острова і гід, що супроводжував їх, почав описувати історію цієї ділянки суші. Острів, як виявилося, утворився в результаті виверження вулкана, потім лава, що розлилася, застигла над поверхнею океану, сформувавши невеликий шматочок твердої поверхні. Згодом тут з'явилися особливі види грибів, плісняви та мохів; острів обріс своїм рослинним світом, у якому з'явилися тварини.

– Алексе, – покликала дівчина, яка їхала разом з ними на острів.

Він озирнувся і побачив, що вона стоїть осторонь і кличе його рукою підійти до неї ближче.

– Так? – обізвався юнак.

– Ви, як і раніше, шукаєте Лолу?

– Звідки ви це знаєте?

– Я знаю, як її знайти, щоб вона сама вам сказала, що її шукати не потрібно. Вона не для вас.

– Хто ви така, щоб мені це казати? – обурився закоханий.

– Вона дуже не хоче, щоб ви залишалися в цій країні та витрачали ваш час на її пошуки. Це вам не дасть результату.

– Гаразд, тоді просто відведіть мене до неї і нехай вона сама мені все пояснить.

– За однієї умови, що ви мені повністю довіритеся і поки не будете ставити жодних питань, щоб не здалося вам дивним. Ви згодні?

– Згоден.

Незнайомка відвела його в бік на пісочний лужок, взяла за руки і почала кружлятися разом з ним все швидше і швидше, доки їхні ноги не відірвалися від землі, і вихор не відніс їх через море далеко-далеко. Миттю вони знову опинилися на твердій поверхні, і тільки тоді дівчина відпустила його руки.

Вона вказала йому на вузеньку стежку, яка веде вглиб території. Він ступив на неї перший і пішов уперед. По обидва боки доріжки росли гарні квіти і трави, які раз у раз лоскотали Алексові ноги, не прикриті шортами. Нарешті стежка вивела їх до величезного дерева. У сіни його широкого, круглого листя ховалися цілі хмари яскравих птахів,що радісно співали.

З заростей їм на зустріч стали виходити різні звірі: леви, тигри, зебри, зайці… Алекс затремтів від страху, але дівчина заспокоїла його і зізналася, що всі тварини на цьому острові особливі, вони не хижі, їдять траву і не кусаються. На той час до нього встиг підійти лев. Він потерся своєю гривою об руку Алекса, а потім повільно став віддалятися назад у хащі.

– Я не вірю своїм очам, – сказав Алекс.

– Як же ти повіриш своїм вухам, коли Лола все тобі розповість?

– Де вона?

– Вона тут, це я! Не поспішай із висновками, дослухай до кінця, – сказала Лола. – Ти зараз на особливому острові. Люди про нього не знають, але з покоління в покоління вони передають своїм спадкоємцям знання, які тут зародилися. Вони вірять, що якщо люди дотримуватимуться кодексу добра, – не йти на поводу своїх тілесних бажань, не завдавати болю нікому у світі, в якому вони живуть, то одного разу вони потраплять на особливий острів, де не буде ні сліз, ні хвороб, а лише «*pura vida*». Ти, крім мене, тут нікого не побачив, правда?

– Бачив птахів та звірів.

– Насправді тут повно таких самих створінь як я, тільки вони зараз безтілі. Я тимчасово зайняла тіло дівчини, яку ти бачиш перед собою, а раніше я була з Лолою.

– А ця дівчина, вона знає, що ти «використовуєш її»? Як ти це робиш?

– Все відбувається коли люди позіхають. Вони наш контакт не відчувають, їх свідомість спить, а коли прокинеться, то не пам'ятатиме нічого, що з ними було за цей короткий час. Зараз мені треба теж поспішати, щоби дівчину надовго не відривати від її справ. Ми нікому не завдаємо шкоди. Тобі, Алексе, я теж допоможу влаштувати твоє життя, знайти тільки твою дівчину. Ти її одразу впізнаєш. Серце тобі вкаже на неї. А мене ти забудеш і про все, що ти тут бачив і чув.

– На рахунок «забудеш» – не впевнений, а от чи повірить мені хтось – питання.

– Ми повертаємося!

– Алекс! Алекс, де ж тебе носить? – шукали друга Віктор і Роберт.

– Я – тут, відійшов за покликом природи, – сказав Алекс, виходячи із кущів.

– Це ж що таке треба було з'їсти?! Ми з Робертом цілу годину тебе шукаємо!

– Це точно, хоч і з іншого боку, – підтвердив Роберт.

– Перепрошую, зачитався.

5

– Привіт, як ся маєш? – запитав Віктор по телефону. Що робиш сьогодні ввечері?

– Ще не вирішив, – відповів Алекс.

– Тоді ми із Робертом і з тобою йдемо сьогодні на день народження до моєї кузини, – поставив друга перед фактом Віктор.

– Мене також запросили? – поцікавився Алекс.

– Так, а подарунок з Робертом ми приготували від нас трьох. Твоя частина – квіти. До речі, вона любить троянди! – уточнив Віктор.

– Мабуть, я краще не піду, все ж таки день народження сімейний, це твоя кузина, навіщо там я? – засумнівався Алекс.

– Ну як навіщо? Дурне питання, у них там, як кажуть, своє весілля, а у нас своє! Ми ж завжди разом!

– Гаразд, чекайте на мене біля входу!

Алекс приїхав на таксі з величезним букетом кремових троянд і зустрів біля входу своїх друзів, як і домовлялися. Вони підвели його до кузини Віктора та представили:

– Знайомся, Лілія, це є наш друг Алекс.

– Рада, вас бачити, кузен багато мені розповідав про своїх друзів дитинства. Ходімо до хати, скоро починатимемо, – сказала Лілія звертаючись до всіх гостей.

Алекс зайшов у великий світлий будинок обвішаний різними картинами. Одна різко кинулась йому в очі. Він підійшов ближче до стіни, на якій вона висіла. Там було зображено велике гіллясте дерево з широким круглим листям, за яким зібралося багато різнокольорових птахів. Біля підніжжя дерева лежав кудлатий лев, а поруч із ним щипав траву сірий заєць.

– Вам подобається картина? – запитала Лілія.

– Звідки вона у вас?

– О, це старовинна річ, батькам дісталася у спадок від їхніх батьків і так далі, – відповіла Лілія.

– Мені здається, я її вже десь бачив, вона мені якась рідна, – з усмішкою сказав Алекс.

– Так буває і з людьми теж… Іноді ти знаєш людину дві години, а у тебе таке почуття, ніби ти її знаєш уже два роки. Дежавю, свого роду. Це стосується і вас. Мені одразу здалося, що я начебто з вами вже знайома. Давайте перейдемо на «ти»?

– Авжеж, – відповів Алекс і взяв Лілію за руку.

Нотатки читача

www.ingramcontent.com/pod-product-compliance
Lightning Source LLC
Chambersburg PA
CBHW070356200726
48294CB00003B/945

* 9 7 8 1 9 8 9 5 3 1 7 3 0 *